流连在岁月的掌心

赵云 著

谨以此诗集

致敬渐行渐远的青春

给力永不绝望的生活

海风出版社
HAIFENG PUBLISHING HOUSE

我的诗就是我的声音。

我的声音起自青萍，远上白云；来自小溪，奔向长空。

希望我的声音能悦人耳目，予人欢乐，给人真善美。

渴求成功，但不惧怕失败。在坎坷不平的道路上，我愿踏着失败的阶石寻找成功。

对于写诗，我永远是个孩子，永远没有权利宣称自己是个诗人。但我将挽着诗走过绝不寡欢的生命历程。

——题记

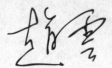

每位诗歌发烧友都有自己的诗集，公开印制的，手抄或只在心中完成的。

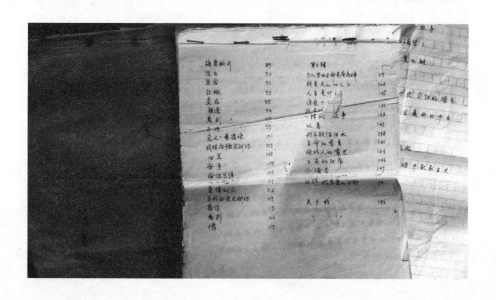

昔年发黄的诗集。中间这本是赴省城上大学后，弃于家中经父亲保留的，从目录来看，不少已散失。右边那几页是老家拆迁后由侄女娟娟从废纸堆里"抢救"出的。

诗都要表达个性，像优美的抒情诗，也一样动人。"停车坐爱枫林晚，霜叶红于二月花。""小楼一夜听春雨，深巷明朝卖杏花。""大漠孤烟直，长河落日圆。"不也是千古绝唱？

诗的意境、形象要通过对生活的理解、提炼和剪裁来体现，不要图解概念。构思时，要多联想，选取最准确最生动的情和事入诗。诗句写出后，再推敲、再提炼。倚马万言，是好敏捷才思的诗话渲染；"吟安一个字，拈断数茎鬓。"是真正的诗人。不要陶醉于"妙手偶得"，多想一下"苦吟"的真义。我不排除有"诗以泉涌"的时候，也经常有飞来的佳句，但"泉涌"与"佳句"，是灵感，是妙悟，都是从学识与功力中来！

平时作诗要多读诗集，发现好诗，不妨多

《广州文艺》稿纸　　　20×16=300

1985 年，在胡乱投稿中，结识《广州文艺》（时有文学期刊四小花旦之誉）编辑杨永权老师。至 1990 年间，他与我通信二三十个来回，论文谈诗，让我受惠颇多。杨永权先生是一直温暖着我文学和人生的良师益友。

广州文艺

停电是煤油灯时，上床就寝，忽来的诗兴，写了
几两句写景写情的诗，后然与袁枚相似，只能
是摹仿袁枚写性灵。但二百多年来既有袁枚在前，
后世人也不容你置辩，何况我也是写的旧诗。

我在您的来诗中，选了一首诗，将发表在
第二期《广州文艺》上，题目和诗句作了改动，
现将诗稿寄回给您。最后的一句，愿诗太平
实，没有回味。整首诗是写季节的惆怅之情，
结句不宜太实，以空灵出之，使全诗的节奏
内蕴俱显得跌宕多姿。刘老师曾说过："一首
句句都写实，读起来便有抒墨之困。"您这首
的缺点正在此。所以我便以空灵之笔宕开，就
为值人寻味了。我是以诗论诗，周拿出发表，您
实际生活体验则不甚深究了。

二期在今年二月初出版时，您与稿款寄给
了。样书和稿费寄到哪里？请来信告知

运气的事。此乃我当心得之。尽管我认识刘克师已二十岁多了，但老前辈的作风我是深知的，求之署名不易，请题上额之事是可遇而不可求的。为遇书展，在书本上签个名字则是例外。我算是人缘好，不仅朋友惠赠著作若干，老前辈赠书也署有上下款，青眼有加。

　　释读近作多首，窃以为《望夫女》写得最好，感情真挚、沉郁，读来很感人。"那时刮着风／，那时下着雪／，那时四周凄凉凉"。哀感倾吐，令人不忍卒读！《瀑布》也写得不错，有气魄，有形象，有寄托，诗句也很精练。纵观全部近作，深度和意蕴未够。如《守望心和心思念》，尚未精锻，可有可无的句子不少。写作的人都有一个通病，就是不舍得把绞脑汁而写出的文字砍去。鲁迅先生说过：

《广州文艺》稿纸

20×15=300

杨永权老师点评我诗作的通信，对一位文学青年的培养之情，跃然纸上。他的信件我珍藏至今，时时翻阅，感受到天地间的一份真情和大爱。

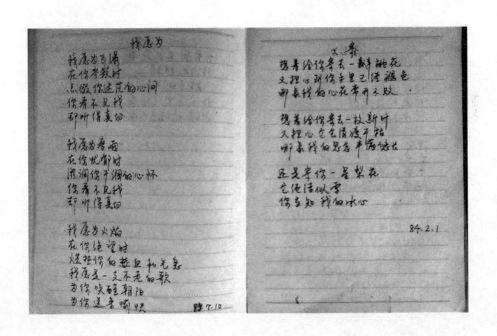

我的诗就是我的声音。
我希望我的声音轻悦人耳目。
对于写诗，我就是个孩子，我
还没有权利宣称自己是诗人。

孤 岛

我在流放
我每年每月都在流放
偶尔的一次招回
却重新发现自己的荒远
于是又再流放

我流放在遥远的地方
那是一个心灵的孤岛
我把我自己流放
流放时我不要人亲亲送别

我是否把人们欺骗
是否对友情不忠诚过
是否曾把荣誉看得至高
是否暗中追逐过名誉

手稿之一，1988年，诗见P69页

我愿为

我愿为急瀑
在你苦渴时
点滴你这芝的心间
你看不见我
却听得真切

我愿为春雨
在你枯萎时
滋润你干涸的心怀
你看不见我
却听得真切

我愿为火焰
在你绝望时
燃烧你的热血和光亮
我愿是一支不老的歌
为你唤醒朝阳
为你送去响亮   85.7.10

火浴

送着给你寄去一朵桃花
又担心折你手里已褪颜色
那表我的心花常开不败

送着给你寄去一枝新竹
又担心它免情瘦不绿
那表我的思念丰满挺拔

还是寄你一层梨花
它纯洁似雪
你会知我的冰心   84.2.1

手稿之二，1984-1985年，见P11页及P2页

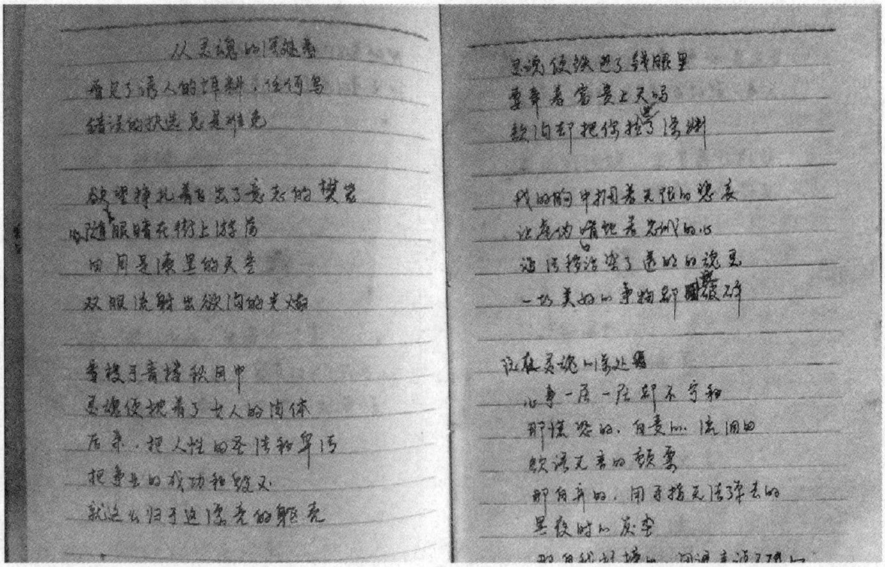

手稿之三，1988 年，见 P86 页

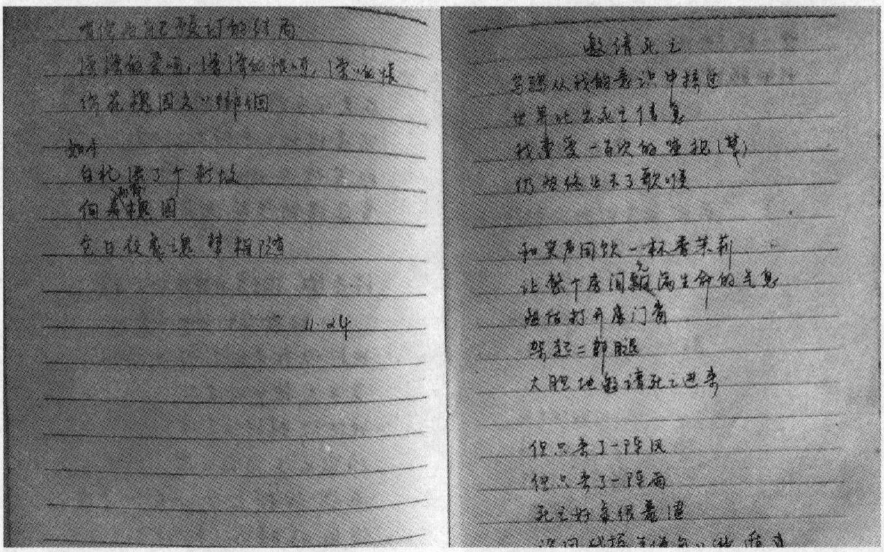

手稿之四，1988 年，见 P110 页

看《吻》的女孩

你看着《吻》
那天长地久的眺望
在你透明的嘴唇
凄迷而多情地写着

罗丹向你走来
笑着挽起了你的手
你的血液霎时丰满
你的目光
再也结不起冰川

你用轻轻的碎步
打着节拍
《吻》
怎飞写满了你青春的扉页

1989.3.7

手稿之五，1989 年，见 P174 页

福 建 省 学 生 联 合 会
THE STUDENT UNION OF FUJIAN PROVINCE

履迹

记不清有几多足迹
在相互信任的眼光下
重叠
爱情的种子
在脚下发芽

每一次践足都牢固
每一个脚印都实在
那经我们走过的地方
两旁都长出了玫瑰
挺立了青松翠柏
爱情的大厦
筑起的是永恒的忠贞
乾坤不变
岁月抹不平

有一天蓦然回首
你见一行行足迹
远远的是那儿清晰

古有红叶题诗今有
鸿雁佳书同为世间情
冰兔惠存阅而趣雲
无名年八月十二日
於榕城

手稿之六，1990年。青春年少，许多诗信手写来，抄给友人，也没留底稿，
若干年后经友人"捐献"而重睹"尊颜"。见 P268 页。

雨季

总是在雨季
是童年花
在的上花
雨烟木湖心
季幕拂中事
浮萍初放
着红了脸
映红了脸
的自嫩
堤道我们的
道一样

多少年了
依然走不出这雨季
依然走不出这
这生命的旅程
命的短
雨
小

这走不出的雨季啊
让我沉醉了一年又一年

手稿之七，见 P 249 页

无寻处，唯有少年心（自序）

　　所谓英雄，不单是行侠仗义、仰天长啸的江湖豪杰，也可是"孔曰成仁，孟曰取义"的思想干城，还可以是"天子呼来不上船"、"难酬蹈海亦英雄"的伟人志士，乃至无字碑上的寂寂一族。每个行业都有英雄。柔软的诗堆里也不乏，那些凝聚福慧才智的方块字便是。它们言物，言志，言情，言德，言心，言天下壮士和凡夫的悲欢、沉浮、飞扬、落寞，能大江东去般磅礴，也可晓风残月般柔情。在岁月的长河里，一瞥，一惊鸿。驻足默诵，几行下来，便读出江山的一片符，或是个人的一段历史，心中油然拨动万千思绪。如是，无须讶异那么多人的文学之梦均翩跹于诗歌之树。诗选择了我，成为我青春之歌独一无二的精华。

　　犹记中学时代，以诗为媒，和上一年级的院生、钟云等结为诗友，课余常在校园内外不亦乐乎地吟风弄月，厚爱彼此之间浓烈的情缘。也还记得十八岁生日时，就着摇曳的烛光，当着正光、联灵、元盛诸位学弟面，许愿要在生命的第二轮出版诗集。那段青葱年华，每每念及不禁唏嘘，世事磨人老。

　　原来感觉无边的青春到底也一晃而过。院生出版了诗集，成为粤省小有名气的官员诗人，钟云已彻底弃文从政，已炼成文学教授、博士的正光还屡有诗作问世，联灵则成了省城名记、名编。我的诗歌田园，自1993年停止耕耘后，已然荒芜20年。甚至读诗、抄诗的雅好也已成奢侈的过往，却记着高中毕业那年，掂量复掂量中，愣是把那一厚本抄了数百首中外好诗的笔记薄，邮给了兰州一位姓高的女诗友，觉得那是天地间最贵重的礼物了。失联若干年后再寻此佳人，已杳无音讯，也不去想那贵重礼物的着落了，自我安慰的是："你若安好，便是晴天。"

可兴亦可怨的诗，确实给人激情和美好想象，否则穷困如我，不致在学生时代勒紧裤带，一次性邮购了五本席慕蓉的《七里香》，分赠诗友，继而赴厦门鼓浪屿看舒婷，远涉成都拜见流沙河。走出校园后，虽然慕名拜访或不期而遇的诗坛人物日见其多，从海那头的洛夫、余光中、纪弦、席慕蓉、郑愁予（他们可是我当年诗抄本中频频出现的名字呀），到同在大陆这头的谢冕、孙绍振、屠岸、雷抒雁、王光明、刘登翰，可谓灿若繁星，但内心里却依然给杨永权老师留有极重要的位置，30 多年前他任职文学期刊四小花旦之一《广州文艺》编辑时和我论诗、谈文学的几十封通信，在跟着我人生辗转中，至今仍奉若珍宝。

遥想学生当年，写诗的那股狂热劲儿无以复加，一天动辄数首，一日不作就手痒心痒。教室的灯灭了，手心还热着，就点起蜡烛挑灯夜战；宿舍的灯关了，还躺在床上就着星光"鬼画符"，等过些日子再修改抄正。少年不识愁滋味，慢慢地一遍遍酝酿时光中的细枝末节，直至内心涌动丰盛而狂热的情感，唯有以诗来表达。孤独和爱，均是滥发的少年情怀，也均是诗里的主题，是一碗什锦汤，盛得出酸甜苦辣。

旧游无处不堪寻，无寻处，唯有少年心。皆言少年情怀总是诗，彼时我最热衷的，不是放歌名山大川、礼赞河流海洋，而是致敬纯真无瑕的情谊，赞颂开到海枯石烂的花。那些生命中遭遇过、珍惜过，抑或存在过、想象过，最终散落天涯的人，都编号入了诗。如今看来无关痛痒的悲喜，曾经是整个世界。恰恰是这年少的情怀，总能捕捉生命中极度敏感的刹那。都说少年未经人世苍茫，未受生活磨砺，总会被嗤笑青春无事，耽溺哀愁。然而恰是尚未被江湖人事磨老、磨钝、磨圆、磨滑的一颗心，随时随地散发出超凡脱俗的神采。它成全了文学最原始的诉说。

15 岁即有处女作问世的我，有创作欲，更有发表欲。散文、报告文学、杂文甚至评论，都少不了要拿去投稿。唯独对诗，一贯的慎重，自觉保持着一份内敛和敬畏。难解，也不难解。一来唐诗宋词和普希金惠特曼读多了，总觉得自己这些没标点符号的分段文字委实小菜一碟，加上当年同属文艺青年的兄长常泼冷水，斥之无病呻吟，害得我在诗歌之途羞怯于更大动作的启程，时又值求学年头，搁置争议的最好办法，便是束之高阁，时间一长，连自己都忘了。新世纪之初老家拆迁时，"高阁"中的东西遗失和被处理不少，后来侄女曾"抢救"出一些。但这些散佚的诗稿，与我重逢后，待遇如我高中时代汇编的40来万字的《青年文史知识日读》，多半在一炬之中起舞，挽歌式地和主人的部分人生随风飘逝。

所以，也只能提当年勇聊以自慰。诗歌处女作大约发表在1986年的《闽西报》，乃当时的高中语文老师王桓基先生促成。找不着了，想来找着了也不堪卒读。但我感恩那时的稚拙，一笑一泪处，启航的是一个少年远征诗海的心。后来，在一些诗友的怂恿、编辑老师的垂爱下，也陆续挤上了《光明日报》、《广州文艺》、《福建日报》、《福建文学》等报刊，任是波澜不惊。再后来，只觉诗情画意渐少，进军长篇写作后，就和缪斯女神两相疏远了，再怎么参加大小诗会，却已然无法"近朱者赤"大发诗兴了，固有"崔颢题诗在上头"的局促，更多的是江郎才尽矣。

一脚踏入不惑，突然"聊发少年狂"，把抄满了几大本诗稿的泛黄笔记本摆上案前，在保持原汁原味的前提下，做了适度修正。原本只考虑打印成册，但帮助录入的杨雨菲、翁晶晶两位文学青年，却力主公开出版，还分别提了些许宝贵意见，并加润色，始有今天这模样长相，在此谨表谢忱。

捧看诗稿，再次重温少年事，仿佛又穿越时光隧道回到了年少时光。这对经常琐事俗务缠身的我是何其大的馈赠和惊喜。但愿你看到它时，能与书页间的字句共同呼吸，回到或想象那个你也曾经有过的青涩纯白的年代。

诚然，现代诗歌要传世、要被市井处传诵，难矣哉。想当年，潘郔写了许多诗，传世的只一句"满城风雨近重阳"。区区如我，焉有不当之奢望。

琴棋书画诗酒花，是古代文人的雅事，而我，除了年少轻狂时在诗海里曾蜻蜓点水，其他几乎样样不沾边。此诗集是我的第一部，也可能是今生唯一。推动她见天日并非附庸风雅，而是被曾经真实炙热的表达打动，也为了当年的守诺。蓦然回首，曾经的少年心，再无从邂逅，遑论安放。敝帚自珍，从中挑了又挑，删了又删，仍嫌多，参差不齐是肯定的，想想当下诗歌也难走市场，就权当再次自娱自乐吧。你懂得的！

　　1988年，我在自制的诗歌本上曾写下诗歌宣言，至今仍是一曲心声：

　　我的诗就是我的声音。

　　我的声音起自青萍，远上白云；来自小溪，奔向长空。

　　希望我的声音能悦人耳目，予人欢乐，给人真善美。

　　渴求成功，但不惧怕失败。在坎坷不平的道路上，我愿踏着失败的阶石寻找成功。

　　对于写诗，我永远是个孩子，永远没有权利宣称自己是个诗人。但我将挽着诗走过生命的历程。

　　无论如何，今日的我，曾经的我，都是我。明天，我仍要去奔赴一个天涯。英雄梦已断，但此去经年，倘仍有诗意相随，再来几句浅唱低吟，那山川河流便不是摆设，人生便不是一次寡欢的生命历程。

　　是为序。

赵云

2013 年春夏之交于苦乐斋

目次

■1987年～18岁

■1988年～19岁

■1989 年～ 20 岁

■ 1990 年~ 21 岁

■ 1991 年 ~ 22 岁

爱·梦幻·生命

1984 年～15 岁

我是长远漂泊的游人

早岁的生命犹如浮萍

我想寻回我的故乡

可山高水更长

我的故乡还在远方

寄

想着给你寄去一瓣桃花
又恐到你手里已凋零
哪像我的心花常开不败

想着给你寄去一枝新叶
又恐它会消瘦干枯
哪像我的思念丰满悠长

还是寄你一星梨花
它纯洁似雪
你当知我的冰心

1984 年 2 月 1 日

晚浴

月光如透明的轻纱
洁净而朦胧
天地一片素白
几只蟋蟀在远处低吟

年轻的少女踏月而来
她轻盈婀娜又飘舞
山泉一路叮咚
飞瀑更添一片幽静
夜沉沉睡去

山色令人醇醉
琴声悄然起伏
风吹稻花摇着玉佩银铃

她沉醉在山泉的拥抱里
花样和体香如水融入夜色
世界徜徉在梦的边缘
用古老的语言轻声赞美

1984 年 6 月于武平县岩前双坊村

彩虹

雨丝轻柔
绵长地垂向大地
长虹浮于半空
隐约而明媚

我想那牛郎织女
此时也在虹桥相会
他们沐着细雨而来
爱河里牵手呢喃

美丽的少女倚在窗前
她在沉思遐想
不知是在看彩虹呢
还是看彩虹下的浮世绘

1984 年 7 月

乡村之歌

蟋蟀奏琴音
微风吹彩裳
夕照染田间
悠然至昏黄

1984 年 8 月

故乡红枫

深秋，有美丽的红枫
在我的手中
如书签，那般雅巧
上面洒满粉红的心事

我把它夹进书页
秋天和春天在书香里对话
而我的思想如小鸟
快活地穿行在春华秋实里

1984 年 9 月

乡思

那是我似曾相识的雁儿
飞越关山时它已离群
我想知道她的归宿
可声声哀唤令我自悲难禁

我是长远漂泊的游人
早岁的生命犹如浮萍
我想寻回我的故乡
可山高水更长
我的故乡还在远方

我想为故乡唱一支歌谣
释放积累经年的渴望
可凌厉的风声阻碍了一切
故乡还在静默的时光中沉淀
我还在追溯它的路上思念

1984 年 10 月

雨夜

夜雨洒下天空的银珠
街灯一片朦胧的橙红
绿叶摇离新枝
风竹吟唱出一曲秋思

雨夜呵静如处子
安静如梦的蝴蝶
在天地间飘扬
唯有你我动静分明
伞外是淅淅的细雨
伞内是如火的情话

1984 年 11 月

南国之秋

南国的秋意里弥漫着一种思念
落在了少年盈盈的双目里
每封书信都夹进了彩色的阳光
温馨甘甜的空气里
拥抱着春天的色彩

碧蓝的天空飘满了远去的秋雁
海面上点点白帆带走温柔的目光
芦荻飞花的湖畔
诗意恋上了倩影

随着微澜绽放

秋色比酒更浓
枫叶如花热烈
小楼送来一夜古老的月琴
惊鸿照影如梭流转
似晚归的旅人

金瓜绿果，枫叶流丹
还有松柏海棠
各成一道优美的语句
秋到南国是本写不上句号的诗集

1984 年秋

鸽子

我候你许久了
你没有如期归来
呵，鸽子，我的鸽子
在门楼怅望
听不见你响亮的哨声

你是否迷失在大雾里
你是否厌倦了平淡的家
喃喃梦呓中
窗外正是风雨
我忧郁满腹
呵，鸽子，我的鸽子

此刻你身在何方
此刻你是否平安

如果外面没有你的天地
快快归来吧
我打开所有的门窗迎接你
呵，鸽子，我的鸽子
且让我们互诉离情
无需多余的解释

1984 年 12 月 8 日

残阳似血

笼罩茫茫大山

鹰在半天翱翔

将苍穹收拢进翅膀

谨以此诗集

流连在岁月的掌心

致敬渐行渐远的青春 给力永不绝望的生活

历史

如不倦的巨鸟，历史
横飞过一个又一个世纪
黑洞在时间的隧道
如点点繁星布满星空
它沧桑地穿越过
翙翙奔向金色的阳光

它在艰难地起始
青春如岁月的泥泞
裹挟着被辜负的生命碎片
虽然
那数代的坎坷
已一去千里
只是前方
常常重复昨日的故事

它在艰难地起始
岁月的泥泞
常陷下它的轮胎
前面的路还很远长
走过的路更加宽广

1985 年

海棠秋开

忍不住秋的柔情
你把爱献给了她的殷勤
却忘了
对春的山盟

1985 年

我愿为

我愿为飞瀑
在你岑寂时
点缀你迷茫的心间
你看不见我
却听得真切

我愿为春雨
在你忧郁时
滋润你干涸的情怀
你看不见我
却听得真切

我愿为火焰
在你绝望时
烘热你的血和气息

我愿是一支不老的歌

为你唤醒朝阳
为你倾泻月光
为你送上永恒的美丽

1985 年 7 月 10 日

小诗一束

悲剧

悲剧是个灰黑色的圈子
有一天你走不出这个圆圈
悲剧便诞生了

秋

天空里飘着一二只孤雁
秋水倒映着伊人的影子

身姿如柳，眼神如月
她一会儿望天
一会儿望地
在天地之间
追着孤叶的轨迹
寻找它的终点

港口

人心都是一个港口

距离有长有短
长的时候很冷
短的时候很暖

鹰

残阳似血
笼罩茫茫大山
鹰在半天翱翔
将苍穹收拢进翅膀

启明星

夜去昼来
你独有的光亮
是为了照引昼来的道路
还是为我照亮前方的希望

迷津

梦里飘出一条路
可总寻不着入海口
醒来时
船已不见

自嘲

披星戴月走天涯
千山万水莫等闲
征途一笑前头险
踏碎重山始有家

问鸟

出笼的鸟儿
当你无处觅食时
是否还想回到笼中
毕竟
后方的笼子依然在热切地
盼望着你的归来

1985-1986 年间

如果我的血汗肥沃过足下的土地

即使被命运钉死在青春年华

也绝无怨言

因为我的身躯必将化作来年的春泥

起誓

以爱的名义起誓
我们的眼睛
始终赤诚无邪
如没有尘染的窗户
照亮我们透明的心扉

1986 年 8 月 6 日

江南早春
——赠蓉

早春的江南
是座屏
是个花园
云雀声脆
蜂蝶蹁跹
我欲把她邮寄塞北
斟一纸的情思
剪一块轻云
赠你花香千里
赠你绿色的向往
赠你潮涌的诗意

1986 年 3 月 7 日

留恋

山谷潜入黄昏的静
炊烟袅袅
我心悄悄

愿此生与这黄昏散步对话
和光同尘
不恋人间

秋色凝浓
我的影子无所依托
一切仿佛近在眼前
又远在咫尺

夕阳经不起留恋
了无痕迹滑向夜的诱惑

1986 年 3 月

沉落的往事

往事
沉落在单相思的花季
要到远方寻看日出
醒来却是梦中的顾盼

所有的梦都不属于我

在梦中我也寻不到自己
如同我岑寂的心中
失落了金边的太阳
但我相信在往事的尽头
你可以找到我
正如当初我找到了你一样

1986 年春

港口

初见你的时候
不知你打从哪港口来
身后是苍茫的大海
陪伴我们述说曾经的故事

后来我们的手又握在一起
默默分别在人生的小站
你问我的港口在哪里
我没有回答因为我正在寻觅

不能再在一起谈港口的事了
我们的心里写满别离愁绪
也许有一天我们会重逢
只不知是哪个无名港

1986 年 5 月

黄昏

仲夏的黄昏
摇曳着一枝淡淡的丁香
远远地
你走进了暖色的画面
翩然转身，长发从我眼帘落下
光华在远处流转
你走尽了这小巷
小巷的那头
有一段无法诉说的回忆

1986 年 5 月

别的诗笺

篙尖
点破湖面的平静
撑一只小帆船
你要到心中的远方
水波荡漾
朦胧了少年的眉宇

岸渐被疏离
人世被搁置
今生被远远推开
奔涌向前的是如烟的记忆
缓缓离去的是你模糊的身影

1986 年 5 月

送别

人生注定要有许多小站
我还没来得及
为你写一行小诗
你就到站了
一双泪眸
写满的全是别离

我不知道
你是否记得
江南的春天
和折柳送别的日子
我只知道
在一个明亮的夜里
北飞的雁阵将衔来我的诗行

1986 年 6 月

童年的梦

小船轻轻划远
伸手去捞水中月
波光次第远去
月亮笑了笑就不见了
抬首望天
依然是月华如水
船橹划过倒影

几颗星星
还在水底环守着
我们的小船

1986 年 6 月

恒星

把盏依依
也许此生永无交集
离别，无情地
撕碎了一段美好的日子

你带走了我的春天
直逼我到处奔跑
泪洗的眼睛寻寻觅觅
盼望一个失而复得的记忆

虽是万水千山
也难隔心中的深情
我们是两颗恒星
在银河交相辉映
亿万光年俯首为背景
你在我心头我在你心里

1986 年 7 月

梦

梦的归结只是梦

飞絮落满水湾

亭亭玉立我的企盼

可终于没有一帆

划动悦目的旗帜

载我美好的相思

如幻如泡

梦境随往事消散

只留下一个面具

空对现实的孤独

等待最初的温柔

1986 年夏

光明和黑暗

夜披件黑色的斗篷四处乱闯

它要长久地统治世界呀

它要把光明全都笼罩呀

它要把一切希望都毁灭呀

它鬼鬼祟祟地刚从高空滑下

却见这头那头亮起了灯光

它恼怒地扑向灯光

可光明却潇洒地把它撕碎了驱散

1986 年夏秋之交

云海

世界在谧静中流动
落叶小径上
几点斑驳的足迹
在远方断断续续
几声清泉　几滴飞瀑
曳长你的思绪
蓦然回首
但见云海深处茫茫

脚步说出你的忧喜
几阵风过　几声鸟鸣
将忧伤淡淡洗去
拾得枫叶几片
用心思写成秋诗
把细细的想念
悄悄地划入这片幽静

1986 年夏秋间

这世界

你说这世界是即将跌落的夜幕
只差那残阳还在傻笑
你相信人世间每天都有污浊流淌
许多东西都在噩梦中生长

你说你坚信自己的眼睛
可眼里没有任何光明的记忆
天地混沌一片

我相信世界上有许多美好的事物
她们在痛苦中分娩 寻求曝光
即使乌云浓重得令人窒息
待明日破晓
天空中还会有翅膀奔向朝阳

1986 年 10 月 1 日

影子

你的影子难道没处安身
总要浮在我的脑海里
投在我当天打开的书报上

我没法挥去你的影子
因为我的心
永远沉迷于如梦飘忽的影子里

1986 年 10 月 8 日

想你的时候

想你的时候
我心如止水
眼前奔涌的是你的眉
你的眼
你的世界
世界在我的心里睡熟
我枕着相思入梦

1986 年 11 月 5 日

墓志铭

如果我的血汗肥沃过足下的土地
即使被命运钉死在青春年华
我也绝无怨言
因为我的身躯必将化作来年的春泥

1986 年冬

流连在岁月的掌心

写给自己

岂能让歌声在黑夜收敛起翅膀待黎明来唱
岂能让心像铅坠着火苗待春风来时再跳
岂能让影子在阳光下消失在月光里再现
岂能让欢笑在花瓶里禁锢在秋天里开放
我要远行，拒绝招安，绝不回头
让背后那些指指点点都随随风他妈的见鬼去
我不渴求带刺的同情
也决不稀罕纸糊的桂冠
让我们在这渡口坚决话别
你无须为我痛苦无须为我担忧
让我的船儿孤独地离岸
前方是路是山我会选择

1986 年 11 月 29 日

我是大山的儿子

在苦难中诞生

心灵沾上了太多的忧伤

可大山教我藐视忧伤

教我直面苦难　欢乐前进

一棵树的故事

在断谷山涧的峭壁上
生长着一棵寂寞的树

不知经历了多少次炎阳的烤炙
不知承受过多少回暴雨的冲击

顶着日晒雨淋
年年岁岁，它在磨砺中默默生长

风沙肆虐
打得它弯了腰肢
电闪雷劈
大自然无情的一切日夜煎熬着它

但树，在生长
它漠然对着战栗的气流
依然迷恋阳光迷恋绿叶迷恋大地

它依然固执地挺立
忘记了那雷，那电，那火
它用力呼吸，将根须牢牢深埋脚下的土地
当虫鸣和鸟鸣交接 星光和阳光交接的时候
它艰难地把寂寞甩落涧底

春天，它开了一树干瘦的花
稀稀落落地在半空中晃荡

而后便是花儿的悄然萎落

像片片残雪，洒满涧底

而后便是它深沉的叹息
一季轮回
看着生命无可奈何的代谢

上百个寂寞的秋冬过去了
人们才发现它的存在
欢叫它那坚硬的躯壳中挂着的带皱纹的果子

可树，已经死了
终魂断世间
只留下沧桑的流年待人追寻

1987 年 1 月

酒杯

把甜蜜的梦浇得更甜
把苦闷的心揉得更苦
醉的醉了
没有醉的正在醉
可酒杯没有醉
它依然高高在上等着美酒的浇灌

1987 年 1 月 15 日

一个人的宣言

沉默时我是大山
笑傲一切狂风暴雨
形形色色的流言蜚语
我只用冷眼相对

激动时我是海燕
日日夜夜冲击着生命的波谷
为奏和大海雄浑的乐章
我愿掠过岁月的风风雨雨

安静时我是一泓深潭
我的胸怀宽广无垠
不逐名追利只寂寞而骄傲地生存
远离四周的污水秽物

愤怒时我是勇猛的鹰隼
搏击是我与生俱来的个性
假使黑暗企图遮住天空
我发誓要狠狠撕它个粉碎

我是几千年后苏格拉底放飞的飞虻
叮着社会的毒瘤和惰性飞跑
无论晴空阴雨都带着光明向前
唱响未来的希望之歌

我是光我是闪电
我憎恨一切黑暗和孕育黑暗的权势
为了照亮历史的通道

我愿将生命化作瞬间烈焰

我的身上淌着千百年凝成的黄河血液
我的骨骼来自巍巍泰山来自雄伟昆仑
背着祖祖辈辈沉重的希望
走向生命无限广泛深邃之处

生命不只为自己存在
我愿是一团熊熊烈火
无论走到哪里
那里都播撒光明和温暖

1987 年春节

误会

在沉默中
我们的距离越拉越长
每举一步都踏碎一桩心事
影子无精打采地跟着落寞行走
已经没有什么言语
能让我们再度接近
隔岸观火
你我的过往如烟花寂灭
心底唯有冰冷的灰烬

数着遗落的足音
误会的积雪在我们心中结冻
殊不知只是一场误会

不曾用彼此的热忱破冰
我们失落了亮丽的太阳
难道还要失去握手的机会么
明天你就要远航

1987 年 2 月

旅途
——赠刘妮

我不想再对天空发表感慨
更没有想过哭泣
因为
你的谛听很远很远

既然命运为我安排了坎坷
叹息又有什么用
没有理由的消沉
只会让岁月
扼杀
青春的花瓣
我接受苦难和暴戾
在生命的长亭短亭
风雨兼程
用我的热血和汗水
书写春秋冬夏

你的谛听已经很远很远
我只用纸和笔

告诉你
我的历程

1987 年 3 月

选择
——赠人

如果
海鸥注定要落进命运的漩涡
桅杆注定要在风浪中折断
一切壮丽的生命背后注定布满了荆棘
你是
躲避风浪在岸滩观望
让帆船停泊在平静的港湾
还是……

1987 年 3 月 24 日

也许
——给 G.R.H

也许所有的安排
只能令人无可奈何
也许偶然的遇合
到了后来直悔人心
也许动人的微笑
却充满了难言的苦楚
也许这短暂的人生

并没有什么值得留恋
也许只有放声痛哭
才能宣泄心头的哀伤

但请你把握岁月的转盘
去远方漫游
也许会有个难忘的记忆
当创痛降临之时
就定下心来让眼泪说话
虽然得到的赏赐
也许还是一样的命运
但是在泪流之后
也许你已握住了命运的掌纹

1987 年 3 月

现代家庭

现代家庭有个公式
1+1=3
1-1=2
丈夫外出采访了
妻子出差去了
四五岁的儿子
送到了外婆家
一间还贴着"囍"的新房
听不见人的呼吸

星期天

丈夫回来了
妻子回来了
儿子也接回来了
家庭的钟开始摆动了
滴滴答答
时针、分针和秒针
朝同样的方向移行
耳鬓厮磨一番
又要向着各自的方向了

现代家庭是组合式的
拆开来
每个成员各为一体
合起来
都是个亲热的整体

1987 年 4 月

遥寄
——给蓉儿

从东南到西北
千万人家
山一重水一复
而你的呼吸仿佛近在身旁
年华从此停驻

虽只是在梦中翘首
望穿关山 望穿秋水

望穿你的如纱雾影
只是在梦中
眺望江河 眺望江海
眺望你在水一方
也已欣然 也已欢心

恨只恨
这茫茫道途
怨只怨
这迢迢关山
重重的雾幔呵
目睹过你冰雪般的魂魄
给过我多少幻觉
沉寂了当时的少年

雁儿归去
捎上我的问候
山长水阔寻你
你知不知
他年燕子来兮
呢喃声里
是我们的浮生片段 历历年华

1987 年 4 月

我很后悔见到你

我很后悔见到你
你的一个甜甜的微笑

虚妄绮丽的迷梦
一个个破碎在现实的境地

我很后悔见到你
你的恂恂的探问
相思在我心底扎根
你轻巧转身
我寻不到一个背影

我很后悔见到你
无穷无尽的思念之苦
如窗外的春雨
绵绵在天地间轮回

1987 年 4 月 20 日

归途

我越过殷殷暮色而来
阶石着了一色苔痕
足音跫跫
一路一涅槃
重重的江山已经远去
段段的绮丽在前方待我
我归只因你在这里

1987 年春

片贝集

苍蝇

即使把自己巧妆成蜜蜂
也叼不走鲜花的爱情

鹦鹉

练就了一套本领
为的是讨得主人欢心

白衣

你最容易肮脏
因为你对污点从不隐瞒

叹秦桧

虽然高中状元
从未有人说你文章做得好

风景

海天蔚蓝
少女俏立海滩

叹眼前风景如画

她不知道，别人眼里
她和自然
成就了一幅绝美的图画

1987 年春夏之交

乡愁

我是艘无舵无帆的孤舟
黄昏时出发不知漂向何方
下一个黄昏又不知渡向何方

风雨摇走岁月
苦泪打湿寂寞
残月孤零了远行的心肠

夕阳能拉回离去的身影吗
秋风多少恨
吹不散心头的思念

关山重重隔断目光的长线
只剩一番望空痴想
盼前方是返乡的堤岸

1987 年 4 月

记忆

终于喝下了这杯茉莉花茶
淡香里送你
风拂落肩头的白花
一轮血阳　催你赶路
丝丝别绪
系向你雾气中升起的招手

去岁的秋冬已然凝残
眼前还有故人默默的脚印
一深一浅 烙在心头
仿仿佛佛的 总觉得
你才刚刚启程
所有的感受都带着一种清香的美丽

1987 年 4 月

赠同学

同学将回云南，抄广州诗人韦丘诗赠我，阅后有感，乃仿作一首送别。

如果生命的小船
不经风景
不曾搁浅
一直漂流在
平湖秋月之间
便封闭了信念

少了奋斗的喜悦

如果人生的旅途
没有挫折
没有艰难
前方尽是
如砥坦荡的林荫道
便将消去豪气
失去诗情

1987 年 4 月

无题

1987 年 5 月 15 日，郑芸兰回西双版纳，嘱作文以纪，乃涂鸦以赠，其竟落泪成行。

人
相逢
在旅途
离别匆匆
蓦然回首间
别是一番滋味

帆
漂流
在港湾
邂逅默默

轻轻一笑里
见又一番滋味

1987 年 5 月 15 日

油桐花开的时候

立群回沈阳时送书两本，我以诗为报，她说珍藏之。

油桐花开的时候
你告别南方
要到很远很远的北国
淡淡的星花
默默地点缀你归去的路途

油桐花开的时候
你落下大颗大颗的泪
满树的桐花洁白如初
你说她像北方的雪花
那是你最纯白的记忆

油桐花开的时候
我想此时的北方
定然也是美丽的时候
为你捎去几星桐花
在北方拥有南方的天空

1987 年

寻梦

我寻找我的梦
在月光下
在小道上
淡淡的回忆
在软风中轻轻泣诉

我寻找我的梦
在岑寂中
在迷惘里
凄冷的星光
照着一颗慵绻的心

可我找不到梦
梦已缥缈
梦已遥远
空余一片寂寥红尘

1987 年 5 月 20 日

后来

后来
你走了
淡淡的回眸
只留在依稀的梦里

后来
我南下的列车误点了
往事的回忆
散落在你我泛黄的书信里

后来
你有了自己的归宿
我也年过而立
惊觉流岁暗换
你年少的面容越来越浅

而后来
所有的留恋都将过去
如云一样缱绻
像烟一般飘渺
不留遗憾的怨恨
一切皆成时间的灰烬
把握不住

1987 年 5 月

相册

我和相册对望的时候
想起了梁野山
想起了我们膜拜的寺庙
想起了和我们一起流泪的
红蜡烛

回西南时你语不成声

一半心思留在了东南

武夷山脉和横断山脉

在我们的千言万语里连接了起来

怀旧时翻着相册

只觉地远心近

我们在相互微笑

1987 年 5 月

选择
——给 Z

如果

海鸥注定要落进命运的漩涡

桅杆注定要在风暴中折断

一切向往注定要由苦难代替

你是

躲避风浪在浅滩观望

让帆船停泊在风平浪静的港湾

把泪水交与岁月的风霜

还是

振翅投入苍茫的海水

让沙石磨砺稚嫩的身体

潮水退去

沧海桑田成为传奇

1987 年 6 月

题诗
——高考前夕别赠同窗诸友

1

没有雨的时候
老念叨着下雨
待雨来时
却抱怨没有伞

想那人生的旅途
该会有多少错遇
何必让叹息占据心头
满月多半寡淡
遗憾是月夜的枯枝
总让人频频回首
意难平
不肯忘

2

相聚的时候
没有动人的故事
握别时
才怀念往昔的欢聚
世间所有的故事呵
到了不再拥有才开始挂念

3

没有送你祝福的
却可以天长地久、肝胆相照
一切虚浮的言辞
不会收在记忆的相册里

4

天上的彩虹
只装饰虚浮的梦
草丛的晶露
一纵即逝
青春虽也是暂时的
却可留下许多美丽的影迹

5

作过一千次的追求
到头来
你可能会这样叹息
"唉，我收获的仅是一场梦"

何不将这场梦珍藏深埋
待白发苍苍时重温
月光拂过你不再年轻的容颜
你说
无悔
是我对你的全部情意

6

相逢的时候　离去匆匆
微笑和问候　一并
省略在远去的脚步声中

也许还有重逢的日子
我们的目光
能否将这段遗落的往事
重叠　交给
你我的未来

7

多少什物是春绽秋落
我们的友谊不会是枝头花蕾
多少什物是归去来兮
我们的友谊不会是林中小鸟

8

有的人走了一辈子路
回首张望却不知启程何处
不知归宿何处
只觉时光流水而去

1987 年 6 月

海螺

友人从大海来
带给我一个海螺
海螺海螺，美丽的海螺
曾奏响过大海的乐章
我要听着旋律
与大海一起歌唱

1987 年 6 月

瀑布

崩碎
前方突然陡如斧削
没有徘徊来不及选择
便毫不犹豫地
跃下千丈悬崖
平凡的小河
溅起一泻万丈的气魄
生命的岑寂
跃作了壮丽的奇观

1987 年 7 月 1 日

情字无悔

真的不该爱上你
也许我们缘尽一盼
也许茫茫的尘宇
再无相遇之期

初相见
你就轻巧地夺走了我的心
魂魄紧紧相随
却不知你向何方

从那以后
我的心成了两半
一半是对你的甜蜜怀念
一半是求而不得的伤悲

1987 年 7 月 18 日

梦境

我有一片静谧的梦境。

梦中我们走向海滩，在牵手中，飞鸟掠过朝阳下浩淼的水面，成群结队的，

欢叫着为我们歌唱。我们笑着，招一招远方的白帆。

梦中我们来到了深山古寺。你笑语盈盈，摘一片红枫，俏皮地向我招手。我

们踏一路松软的黄叶，满心欢喜地去追那红红的沉日。天地间一片幽和，

夕阳染我们一身红。

梦中我们是大地的宠儿。

梦中我们漫步在悠长的山路。飞瀑流泉，在花香鸟语中婉转地叮咚。我们走

啊走，永远也走不到尽头。

梦中我们并行在细雨中、雪花里。我们忘却了人间的忧伤和失望，我们自有

一片美丽的世界。

只是，醒来才觉昨宵已去，搓手怅怅，只能空余泪痕。

我拥有一片美丽的梦境，但这是怎样的忧伤——含蓄，却又被苦寂和泪水深

深地纠缠。

1987 年夏

我是大山的儿子

我从大山走来
裹着泥巴，踏着荆棘
走向大海走向蔚蓝的天地

我是大山的儿子
她贫瘠的乳房哺育了我
造就我坚韧的骨骼
又赠我挺拔的身躯 不屈的魂灵
我的血管根根饱涨
孕育着意志的热望

我是大山的儿子

我来自远古蛮荒
那里还划着刀耕火种的印迹
自从大山诞生了我
苦难就像帽子一样层层加叠
可从未唆使我披上绝望的色彩
大山巍然的气魄赋予我沉着的品格
我追求幸福也创造幸福
从不让幸福带着苍白的面具
我和大山一样的憨厚淳朴

我是大山的儿子
在苦难中诞生
心灵沾上了太多的忧伤
可大山教我藐视忧伤
教我直面苦难 欢乐前进

我是大山的儿子
背负重压朝生命深处迈进
历史在耳边呼啸飞逝
大山磨砺了我坚硬的脊梁
连时间都不能将它熄灭
我启程，向上，向上
风风火火地走向前方

1987 年 8 月 20 日

童年怀想

一间吊满蜘蛛的黄泥小屋

装满了我的乡思

曲里拐弯的宽巷窄巷

有我童年欢快乐的脚步声

老柳下外婆的故事

陪我拥有最初的幻迷

风筝飘漾着我的童音

蓝天系着梦想的一头

甩几声牛鞭

抖落满天星辰

我自遥远的地方归

从漫长的岁月回溯童年

沿途拾起串串旧梦

囤积在行囊里

今生便无法忘却

1987 年 8 月

我是犁尖

我是犁尖

春天的土地上默默耕耘

尽管这儿只有几星素淡的花

只有几株野草唱着寂寞的歌

我也要开拓，抛洒血汗

补偿它与生俱来的瘠薄

我开拓生命的绿洲
我播种理想的种籽
一年四季风里来雨里去
我在默默地耕耘

我是犁尖
我犁开收获的通途

1987 年 9 月

诗人肖像

诗人并非不食人间烟火
思绪在笔尖凝固不化时
便让孤独和惶恐
占据了空间和心间的每一个角落
头脑如一口枯井
灵魂是一片枯叶
诗人不再是自己

他写诗时从不肯出门
画地为牢
却愁着诗句嫁不出去
面壁数载却唤不起回音
他年复一年幽禁斗室
里面充满着烟的辣味
他的脑里飘着孤独和恐惧

1987 年 9 月

等待
——高考落榜后答 L

是的　我许下诺言
枫叶红了的时候
给你寄来
和秋色
一样浓得醉人的喜讯

眼前红了一片又一片枫林
微风里枫叶飘飘洒洒
却没有一片属于我
小径上独怀心事
模糊了你的容颜

守候了一年又一年
等到的只是失望
你还等待吗

1987 年 9 月

错位

在绚丽的春天
忽然来了一场倒春寒

由于一次不经意的眨眼
生活似脱轨的列车

慷慨大方地向别人施舍同情
不知自己正被人同情

向往泛舟大海
又担心覆水

一封炽热的情书
挽回的只是几句刻薄的言辞

小径上铺满了鲜花
荆棘也在里头杂生

既然悲剧发生了
何不泯笑解千愁

1987 年秋

心 愿

在白云深处
我筑一间小屋
把阑珊心事
藏在青青密林
朝弄笙管
歌声与天地交融
夜邀月亮
酌酒与嫦娥同醉
我斗室写诗

拥抱的是长天阔地
我来去无踪
像一缕轻风

1987 年 9 月

山女

岩石驮着你的影子伸展
你轻盈得像三月的春风
你跳跃时如同要去摘的那束花
奔跑时你长发如瀑布掠过我的眼
你的歌声能呼唤自然

我美丽又野性的少女呵
你是青春的风景
可你入不了我的画
旋转的刹那
你已跳出了我刚支起的画板
山林中飘着你圆润的歌
牵去我的目光
成了我心尖的一首诗

1987 年 10 月

抖落记忆

假如有一天
所有的记忆不再定格
人心成了沉寂的荒野
联系隔绝
一年到头衰草连天
只有影子和老树对话
偶尔出门 怀揣一叠枫叶书简
却不知去向
也不知寄何人
那时再也无心去想
一些愉快的心事

抖落了记忆
空气凝固不再流通
万物生生死死不知真伪
心之潮撑不起生命的帆

1987 年 10 月

忧伤

冬天过去了
春天还没来
在时间和空间的两岸
我遥望了一个严寒
又一个酷暑

岁月无声得让人害怕

在深夜的梦中
我站在你的窗旁
将情诗贴满你曾出现的路口
在等待的泪水中
开放出寂寞的花

而我灵魂里的忧伤
永远洗不去
爱情

1987 年 10 月 8 日

墓碑

生
死
是一块
墓
碑
有的人没有死
却早早被赶进墓地
有的人死了
人们还让他留在阳世
有的人活了一大把年纪
一生只落得许多骂名
有的人年轻而殁
千百年来名字流芳

一块
块
墓
碑
掩下了多少忠义
埋藏掉多少污秽
留在外面的
是各自的灵魂
供后人品评

1987 年 10 月 15 日

我早生发下的夙愿

犹如蜜蜂

在三月的江南

遇着你的花粉

将昨天和明天

酿成蜜糖

而我行途的疲倦

开始停留在你的

硕果之上

往事

实在舍不得丢弃
那些往事

一个默契
一个微笑
一次深情的谈吐
抑或邂逅的错觉
尽管和过去一样成了
古铜的颜色
可还藏在心里
支撑着回忆的仓库

有一段往事热了心肠
有一段往事卸去忧伤
有一段往事句句是温情
有一段往事声声是嘱咐
过去温暖着现在
我把它包好藏心怀
苦恼时便打开回顾
从不让它沾半点尘埃

往事跟我辗转了几十个春秋
它能说出一段凄冷一段温馨
教我怎样生活
怎样走出生命的坎坷

实在舍不得丢弃
那些往事

我要把所有的记忆
都编上号码写下评注
带在身边

1988 年 1 月 6 日

望夫女

有一个美丽的传说，一女子找不着其出海的丈夫，乃化为石，永立于岸。
——题记

苦苦的怅望
岸上的风一轮轮拂过你的泪眼
满怀希望的等待
只换来海面空旷的回音
莫不是浓雾锁住了大江
莫不是湍流阻隔了归程
爱人呀，你在何方

日日夜夜你守护在江边
日日夜夜你看潮涨潮落
海水飘来浮萍
鸥群衔去残阳
一切都来去匆匆
唯有你不变初衷
兜一怀伤心泪
陪伴无数个春江月明
你默默地，痴候着他的帆

你默默地，等着他回家
那时刮着风
那时下着雪
那时航海灯灭了
那时四周一片凄冷

你该是问过许多归棹
但每次都让你泪雨纷纷
你哭干了眼泪
你望肿了眼
如天边滚滚来的海水
浓浓的思念搅得你寸寸心碎
梦里你见过他归来的帆儿
醒来却空余泪水

风声去了雨声近
海水飘走了你的青春
岁月染白了你的秀发
你在海边站起了一尊塑像
千百年来
海风不停萦绕在你身旁
仿佛恋人的呢喃
不离不弃，成了传奇

1988 年 1 月 6 日

七色阳光

我在斗室写诗
拥抱的是远天远地

　　　　　　1984 年 10 月 20 日

在果实累累的秋林
我念着你的名字散步
相思比秋色还浓
你为何不和秋天同来

　　　　　　1985 年 6 月 10 日

夜阑灯灭时
我的思念已忧郁累累
银河是我的泪
你和星星渡不过来

　　　　　　1985 年 7 月 9 日

愿我的思念
也能感染你
你不见我的信里
有一股浓浓的相思
梦给夜添注了内容
白天的苍白不再延续。

　　　　　　1985 年 9 月 10 日

抖落了爱情的向往
心之潮撑不起生命的帆

　　　　　　1985 年 11 月 7 日

温室不会是我的家
我要那满天的风沙
我情愿是一片流云
在海角天涯遨游

　　　　　　　　　　1986 年 5 月 4 日

只求将一生写成两个人的诗集。

　　　　　　　　　　1987 年 4 月 20 日

所有的日子只为了邂逅
所有的见面都能燃烧感情
所有的美丽都是因为你的存在
所有的幸福都有了坚实的落脚

　　　　　　　　　　1987 年 4 月 20 日

我们离别的时候
世界忽然恍惚起来
天地间空空荡荡

　　　　　　　　　　1987 年 5 月 15 日

啊，田野
你是我的乳母
那时你用干瘪的乳头奶我
我吃不饱时你也暗自落泪

　　　　　　　　　　1987 年 10 月 5 日

为了追求光明
飞蛾牺牲了自身
你愿颠簸一生去追求光明
还是享受安宁哪怕周遭永远黑暗

　　　　　　　　　　1988 年 1 月 17 日

记住了

记住了
记住你的话
枕入梦乡
和烦恼告别
和绝望挥手
和理想为伴
和追求同舟

记住了
记住了你的话
印在脑海
刻在心扉

不要虚荣和桂冠
不要权贵和浮华
只求实实在在
只愿潇潇洒洒

记住了
记住了你的话
此生陪我
此世伴我

你说我是大海
你说我是流云
是大海我要冲向暗礁
是流云我愿浪迹天涯

1988 年 4 月 15 日

归舟

凉风起天末
青萍浮黯伤
十处荷花香
百里伤心碧
雾湿黎明
暮染霜华
启程不知归程
载不动许多愁

1988 年 4 月 6 日

后来
——赠别

后来
海退潮了
纸船搁浅在沙滩
浪潮吻没了少年的足迹

后来
桅杆折了
鸥群衔着血阳归去
年轻的帆不知去处

后来
梦想成了空白

宁静的湖心泊着古旧的船

少年已白发苍苍

空怀着往事的回忆

1988 年 5 月 11 日

孤岛

我在流放

年年月月都在流放

偶然的一次召回

潜藏的卑劣却重新破土

于是毅然转身

再次流放

那是一个心灵的孤岛

长风荒芜地掠过

我把自己流放

流放时不要人来相送

是否曾虚情假意

是否曾欺世盗名

是否曾不忠不义

是否曾贪恋私欲

是否曾贪生怕死

是否曾为奸诈作证、为正义噤声

——我反复责问自己

在梦中也厉声自斥

我把自己流放在那没有人群的孤岛上

每天面朝大海
一次次地清洁灵魂

是的
我曾一度被空虚征服
让幻灭和沉沦撼动意志
贪念人世庸碌的暖意
逃离人生艰涩的枷锁
和应有的惩罚

我为心所不容
于是离群索居
流放时我灵魂已死
流放时我是个木偶
流放时我的心脏不在自己的胸膛跳动

我独居孤岛
读卢梭的忏悔
直面内心的污秽
在孤岛上我品味人生
静候世界的宣判

但我不希望老死在孤岛
我多么希望卸下心灵的重负
切盼着有一天灵魂战胜了卑污
在阳光圣洁的普照中
扬帆远去
冲出心灵的樊笼

1988 年 7 月 14 日晨

脸谱

社会大戏台，戏台小社会
　　　　——题记

演员在台上侠义丹心，一本正经
幕后却狼心狗肺，丢了正气
其云：
台上是在作戏
台下方为真生活

我曾疑惑
为什么那些榜样光鲜的人物
因为寸利而不惜颠覆形象
为什么那些被尊崇的人
往往经不起时间的推敲

后来才知
人人都在逢场作戏
人人都戴着各色脸谱
有了脸谱，便能轮番使用，得心应手
有了脸谱，便能摇身即变，左右逢源
谁都不愿卸下脸谱
谁都不愿直面人生

不同的时候不同的地方
人们不同于既往的自己
因为人人都戴着脸谱
人人都会定时化妆、随时补妆
需真诚时真诚

需高深时高深

需正义时正义

需苟且时苟且

人人都是演员

人人都有自创的演技

于是

言者不由衷

行者常违志

真假莫测

冰炭同炉

阴阳失和

天地混沌

谁知道他们演的是真是假

真真假假

我亦不惧

1988 年 7 月 18 日

小纸船（外四章）

　　我折叠过很多的小纸船，常将它们放在童年的河里，那时我不知什么叫理想，小纸船也不代表希望的帆。那时只觉得好玩。

　　长大了，再去看小朋友们兴致勃勃地放我儿时的小纸船，看着它们迎着初升的太阳飘进碧蓝的大海，阳光勾勒出纸船柔和的轮廓，心中很是有一番美感。唉，人为何总是那般多愁善感，是否为自己已然老去？

　　几位小朋友过来，笑嘻嘻地拉着我的手，来到了海边。在一片笑声中，成排成排的纸船放远了，海天一色，满天空都是银色的小船，美丽得让人落泪。看着看着，我的眼睛又发潮了。我又重温了一次少年的梦，我又重回到了那个天真的年代。

在海边，我和小朋友们放飞了所有的纸船，它们随着海浪，坚强地抵达我们看不到的远方，我们的灵魂也跟着它，到了世界的各个角落。儿时的小纸船，纵然稀薄纤弱，却承载了我们厚实的憧憬。

嫉妒

你爱嫉妒吗？那你活得定然很累，很痛苦。别人的幸福和成就，都是你痛苦的缘由。常觉得生活很失意，因为阳光不为你独照，因为鲜花和绿叶不为你独开。

嫉妒别人的身影直，你的身影便显得扭曲了；嫉妒别人有块糖，你手中的那块便索然无味了。嫉妒只会扰乱生活的轨迹。

为什么总要去嫉妒别人呢？为什么不熄灭你身上的嫉妒火星呢？为什么不把嫉妒当做前进的动力呢？

你呀你！

惜时

独坐在孤独的房间里，没有音乐琴声的调味，书卷已搁，眼皮老是打架。忽然嚓嚓几声钟响，脑干的神经猛地一紧，人倒清醒了，倚窗远望，便是一番惆怅。听着滴滴答答的钟表声，不禁寻思这分分秒秒将逝向何方。唉，一天二十四个小时，转眼间又摆脱了灵魂的躯壳飞去。天快亮了，而要在今晚做完的事情却依然没能如期完成。

有这么几个晚上，我都是这样的周而复始。心神不宁，活得好不轻松，人有时是自己的奴隶。

锋芒毕露

大概中国人是最不喜欢锋芒不露的。

文采风流的唐寅先生自称"江南第一风流才子"想不到这竟然招致了四面八方的议论，被斥为不自谦，没点自知之明的狂徒，唐寅先生真的没真才实学吗？否！他诗书画皆精，在当时这一桂冠非他莫属。

只因唐先生太锋芒不露了！

"慷慨大丈夫，可以耀锋芒"，既然有本事，为什么不锋芒毕露呢？我不喜欢老是"牧以自牧"的"谦谦君子"。倘若我有真本事，也肯定会像唐先生那样，宣称自己为"国中第一人"的。

锋芒毕露！

夜晚

我总是偏爱夜晚。只有在夜间，始有一片宁静的天地。

我爱热闹，更喜欢冷静。高朋满座，和朋友们放声歌唱，或高谈阔论，把酒杯震得噼啪响，但那仿佛不是自己。应付浮于表面的交往，言不由衷的寒暄，失去的是自我，而时光也像水一般地流逝。这是个多么大的损失，我深深地悲哀。但现代人的生活方式不可逆转，白天终是热闹的时候，它不容你独处，不容你细思冥想。在白天，我总要想方设法地多睡几觉。

而夜晚，白天的喧嚣已然过去，满世界都是酣睡的眼。闭门静坐，一盏孤灯伴我到黎明，万物沉静的时刻，我体会到了孤高而绝俗的清醒。泡上一杯香茶，临窗伫立，月已稀薄，天地清明，灵感在悄无声息地袭来。往往一转身，便是一首诗，或是一句妙语，一段挺有哲理的记事。

夜晚，我总在思索。在静夜中，我感受到了年少的意气风发，惊喜地遇见了真实的自我。

1988 年 8 月～9 月

你的窗前

夜深人静，满世界都是熟睡的眼睛
星星梦醒过来

看我来到你的窗前
远山寂寂 月华悄悄
托起你那均匀的气息

风摇响了你窗前的银铃
白玉兰的清香飘来飘去
有清光映你酣睡的面靥
斗室里盛满你昨日的怨艾

呵 亲爱的 在梦中你莫再生气
我已将心折磨了整夜
为了伊甸园为了爱情的圣光
明晨我就渡海去寻求

能忍心扰乱你恬静的梦吗
我将心挂在你窗前
流连时不觉步入你的梦乡
去时我才知为时过久

1988 年 8 月 6 日

回忆

画卷已旧
搬过来
成回忆之轴

逐页翻开，分不清
哪是泪 哪是笑

自一扇扇窗口
往事如鸟放飞

照片也已发黄
偏说的是文采风流
回首犹张望
只见日暮夕烟

欢乐色彩捡回
又悄然从泪眼遗落
画卷如旧
而人非昔日

1988 年 8 月

少女是书

少女是书
眼睛如扉页
只一眼相望
我便读懂了你的内容

是好书吗
我将你藏入心怀
品读一段如梦
世界多么美丽

那蕴存的风韵
锁住了我的相思

朝云暮雪间
读上万遍也不疲倦

1988 年 8 月

窗沿爬上青藤

窗沿爬上青藤了
红蜻蜓飞落
后来花香溢室
引来蜂蝶
更有年轻的诗人
唤来春天伏窗口

1988 年 8 月

相思

是无由的苦泪
凝成的红豆
是握暖的名字
枕入甜美的梦乡

是放飞的小鸟
寻求属于自己的林子
你栖我的梦里
我居你的心中

地隔千里
心与心没有距离

1988 年 8 月

小燕子

小燕子，今晚我的心又隐隐作痛
为那段美丽而远去的岁月
我的魂灵蓦然飞离了躯体
秋阳下陷进不知谁编织的网

小燕子，你还那般美丽纯真吗
你的眼睛还那般鲜润如露珠吗
你的脸庞还那般皎洁似明月吗
你的嘴唇还那般闪着迷人的光泽吗

小燕子，当初我们相见
你正值年轻，活泼又淘气
你让我称你为小燕子
世界每天都有飞翔的节拍

你来自北方
你是北国的丽水
你的天空最终只属于遥远的故乡
对南方的眷恋你交给了分别的泪水
却涟涟透过我的心

1988 年 8 月 16 日

寻游

我早生发下的夙愿
犹如蜜蜂
在三月的江南
遇着你的花粉
将昨天和明天
酿成蜜糖
而我行途的疲倦
开始停留在你的
硕果之上

倘若你已不在南方
我便心向北空
只要能叨走你的爱情
我愿天涯寻游

1988 年 8 月 18 日

那岸
——赠杨永权先生

我欲渡向那岸
它是我的归宿

少年的我带着梦幻去
去时偏找不着船
换了船却少把桨

昨天和明天由雨衔接
今天又是海水逐浪高
那岸，那岸
它是暴雨怒潮中的小屿

我欲渡向那岸
青年的帆迎风启航
海水一路崎岖
欲步将却
那岸，那岸
它似要将我拒绝

耳边是猎猎的雄风
眼前是宽阔如天的浪潮
我的小船跌跌撞撞
吃力走在吊诡的波谷浪尖
那岸，它至今还很渺茫
心也渐老，而瑰丽的梦幻
依旧追着鸥鸟
向着那岸

1988 年 8 月 20 日

流放

我从梦中醒来
屈原正在流放
此时的江南月光已没
屈原的眼光如日如星

战国烈火在他的肩头燃烧
历史重演

屈原曾是峨冠博带的左徒
锦衣玉食，喝着糖水和甜津
后来楚国有了伤痛
他果断地律己，用药用刀
上官大夫和令尹一旁冷笑
屈原一早醒来
身子已发落到了湖南边郊

楚怀王依旧在喝糖水
郢都破城
楚国君臣仓惶辞庙
汨罗江畔
忠臣一声长叹
霎时红日西沉
江水万古东流

屈原已殁二千年
却复活于我的梦乡
他依然为人民的苦难抚剑叹息
他依然为祖国的运脉忧心忡忡
对小人的谗毁他报以冷笑
为个人的不幸他放声歌吟
屈原和他的诗文彪炳千秋

在历史的烛照中
我被宣判
又自我宣判
屈原印在我脑中

我将自己流放
我的肩上应担当一种精神

1988 年 8 月 22 日

挽留

我挽留歌声
虽然我不是小鸟，不是
那些爱唱歌的精灵
但我是她们的朋友
我寻求欢乐，像她们那样
歌唱到死

我不曾挽留昨天
这样，只会使明天空虚
我吹响苇管
召来昨日飞去的小鸟，一起
在今天放歌

你要走了我也不挽留
正是叶落的时候
春天早就没了踪迹
我用歌声为你送引，默默的
是那延伸到秋季的脚印

青春和爱情在某一天死去
而太阳始终永恒
我挽留阳光，也挽留歌唱

唯有它们，才
永不衰老

1988 年 8 月 24 日

十八岁的女孩

她怯生生地把《草叶集》搬过来
搬过来时她先在父亲的书橱边犹豫了好久
坐在桌旁她把扉页翻看了看
想想要不要做惠特曼的学生

她是个从不读诗的女孩
有一天偶尔读到一首很美的诗
只看了一遍她就能顺口背下
她发现自己脑中满是诗的语言
周遭无人她跳了一圈的舞
对着镜子一咂嘴，还扮了个鬼脸
青春的心思，细腻柔情恰如一首小诗

青春的气息最让人烦恼
有时温婉如舒婷那美丽的忧伤
我能写出一首很美很美的诗吗
他在那边该是盼望我回馈点什么吧
那晚她做了个梦知道那诗是写给他的
那是她少女时遗落在书页里的小文

站在父亲的书橱边翻看了许多诗集
她要自由她要勇敢于是她选择了惠特曼

看，这个老外究竟写些什么然后我跟着学
她笑了笑那时她刚满十八岁

1988 年 8 月 26 日

缘由

说不出缘由爱你
也许是梦里相思
我正带着留恋

说不出缘由拒绝
也许是醒后的寻味
我已开始失望

世路本不可思议
我说不出缘由时
口已含涩

1988 年 8 月 28 日

高考之局
——送华伟之成都

欲说还休，心
分作两半。一半是冷漠
留给自己；一半是欣慰

送你上学。在这秋季
你能窥破我的心思

高考分数线，像
红灯，阻了我的去路
秋意渐浓。而春天
播下的种，至今未有结果
这就是秋季

这就是秋季
只有影子属于我
对着高考成绩
有几个晚上
都被痛苦和孤独
主宰

                                    1988 年 9 月 9 日

寸心

我为谁来这世上
为眼光下等我成长的
你／她？或者自身的快意
为我生前穷苦、死后高贵的头？或者
为和情敌决斗终于胜利的爱情

我把苦难折叠起来
踏在坚定的脚下
我把幸福蒐集起来

扔给古旧的往事
把地翻过来看做天
把黑夜翻过去寻找光明

1988 年 9 月 10 日

从灵魂的深处看

看见了诱人的饵料
任何鸟都不会高明
在萌生的欲念中
错误的抉择总是难免

欲望挣扎着飞出意志的樊笼
便随着自由在失衡的天地游荡
不辨阳光和漆黑
双眼都燃烧出绿色的火焰

穿梭于青楼秋月中
灵魂便枕着了女人的肉体
后来，把人性的圣洁和卑污
把事业的成功和毁灭
就这么归于这迷人的躯壳

听见当啷当啷的铜币声
灵魂便跌进了钱眼里
要牵着富贵上天吗
却一头栽进了深渊

我的胸中涌动着无言的悲哀
让虚伪啃噬着忠诚的心
污秽也沾染了透明的魂灵
美好的事物常常面临破碎

隐在灵魂的深处
心事一层一层都不宁和
那慌恐的，自责的，流泪的
欲语无言的颤栗
那自弃的，用手指无法弹去的
黑夜时的灰尘
那自我标榜的，用语言说不破的
高尚的界限
那悲哀，那自怜，那一晌贪欢
总得一起记在灵魂的账下

从深处看灵魂
灵魂总不得安宁

1988 年 9 月 10 日

致榕城

福州，福州，福州
我的情人，我的向往，我心中的太阳
在千里之外
在梯田高坡
在群山环绕的泥屋
在密林造就的桃源

在竹敲秋韵的雨里
在夜半呢喃的梦乡
我曾拥着你，枕你入梦
把你含在嘴里爱在心扉
可全是梦中的企盼呀
醒来我徒留泪水
呵，福州
你这冷酷的情人
搁置了我十八岁如火的热血

如今我走出了梦的沼泽
就要走出山与树密封的天地
我要扑进你的怀里
犹如蜜蜂
从你的花园叼走花粉
酿成蜜糖
又让你结出更鲜的果子
可我满身都是泥土气息
褴褛布衣怎配你华厦美服
你会拒绝我的拥抱吗
你会让我青春的心潮热了又冷吗
呵，福州
你已无法赠我宁静
难圆我完美的梦
为到你身边高兴
又怕有一天离开你

1988 年 9 月 12 日接福建教育学院"定向委培"录
取通知书，夜不寐，起床启窗，无灯，仍信手涂鸦，时 1：
30。9 月 16 日改于福州西湖大梦山麓。

含羞草

我的心瓣是开在窗前的含羞草
而触手即合的情绪
只为掩饰我如海的热情

将她虔诚地摘下
捧出一颗焦灼的心等待
她的叶瓣微微颤动
似多情的唇
原来她的心潮
已为我波动

1988 年 9 月 18 日于福建师范大学

献

清溪渴望着大海
大海却报以嘲笑

在挂满金果的秋园
我不能如期
把手中的托盘奉献

那转身离去吧
而我的水波我的花香
也有可人的时候

1988 年 9 月 19 日

天亮了

为什么天亮了，我的心仍然没有归宿，四周仍是沉寂旷野？

在郊外的晚上，月光随着我哀伤地流浪。羁旅的愁绪如月光冰凉地洒落身上，南望故乡，有重重山水、万千人家阻隔。我的视线隐没在无声无息的黑夜，眼前是模糊的世界，在黑夜中伫立，直到天际渐明。

天亮了，是的，天亮了。

可我依旧在夜的世界里，一线之外已没了引援的手，我的爱人像消失了的星星。

而我的心，依旧闪着它迷茫的光。

天亮了。

1988 年 9 月 25 日

这个夜晚不属于我

这个夜晚不属于我
那红灯绿酒和莺歌燕舞
只是我后世的设想
要我一晚消受吗
却愁肠百结
只这浓黑的咖啡里
漾着你青春的酒窝

可我不能握住你的手
犹如我今生仗剑走天涯的决心
注定不能给你半点安宁
原谅我吧

别用哀怨的目光看我
也许是我握住你的手时
你便开始了后悔
这个夜晚不属于我
犹如我不属于这个夜晚

1988 年 9 月 26 日晚逛西湖，归而作。

分别

大地张开双臂
想着拥抱落叶
而落叶在卷舒间
却投入大海的怀里
她愈飘愈远
只让大地望眼欲穿

倘若爱情只属于前世的奇缘
却注定要生离死别
为了不使阳光变得冰冷
月光太多圆缺
也许我们的船儿
应在两处停泊

1988 年 10 月 1 日

致厦门

厦门你是位少女
你的身姿如雨中的新柳娇嫩婀娜
数年等待
终于亭亭在我眼前

厦门在你温柔的唇边
含着一枚小小的贝壳
我要走到那美丽的海滩
等你用大海般的温柔吻我肌肤
我要和你交换情诗
为何你迟迟不肯卸下面纱
而我已在梦中一次次描摹你的轮廓

厦门你是我的梦中之妹
夜来胸中潮声轻涌
柔软的低语在我心口徘徊
我只想投入你的怀中
直到年年岁岁草木枯荣

厦门你愿做我的恋人么
当明朝雨霁临窗而立
是否有你昨夜放在窗前的红豆
我要带着我火一样的诗情
在明媚的阳光下
醉倒在你怀中

1988 年 10 月

海边之夜

夜间我走到海边
海水赠我无边的笑意
自那睡梦的边缘
飘来一船如盘的月光
而我的红帆呢
我在等候小小的红帆

晚来退去了白昼的光线
甘甜而焦灼的期盼在静夜里酝酿
所有的热闹只为这一刻的等待
如海水静拍岸栈的时候
使我不厌于这条旧路

在挂满眼睛的天边
海星也漾一双如我纯洁的诗眼
酌一杯将溢的啤酒
将白天的劳苦吟成一首忧伤的诗
那红帆已然飘来

1988 年 10 月 4 日

1988 年 ~ 19 岁

城市

膨胀！膨胀！城市人口在膨胀
红气球飞到高空，爆炸，迸裂
美丽的色彩便告消亡

城市告急
水，这地球的生命之源
正被标上红色警告
往来接踵的人群
整天高鸣的车辆
灰黑的带有毒素的空气
成了城市忧心忡忡的话题

已无宁静，殆失了诗情画意
湖畔、公园、学校
一样让令人难以忍抑的喧嚣
煞了风光，失去景致
怅望浑浊的白昼
色彩斑斓的广告
在霉湿的空气中流行
如街头少女刺眼的穿着
大自然的和风细雨
已远离人声鼎沸的公园、车站
难返五光十色的饭馆酒吧

总有一种无言的声音
在城市上空传来传去
宣布着城市会老去
城市没能转动一下位置
朝拜者们终要回归田野
最美妙的世界
永远睡在我们的心床

1988 年 10 月 6 日

归途
——仿郑愁予《错误》而作

我由阡陌小径而来
山麓旁的绿野稻田交错

色如青黛，早春的云雾缭绕
我的心满是苍松翠柏
自青翠的长廊寻路
蜂蝶乱飞，绿浪在风吹花香里奔腾千里
我的眼里是春天的油画铺展

我声声步履是美丽的错误
在八百里风景中忘了归途

1988 年 10 月 10 日

赠 S

请你原谅我
我曾让你三次失落而去
万千情愫在心口难开
也许你不知道
我是一张白纸
在果实累累的秋季
没有一处我的风景
长亭漫漫
只能怅然叹息

一如我那时对榕树的倾诉
那时，落叶乱飞
愁绪如叶

1988 年 10 月 13 日

夜雨挂满窗前

夜雨挂满窗前
晶莹如我的心泪
这是你精选的约会
门前冷落不再有你的铃声

你要来说告别吗
我在苦笑秋雨阻你的来途
追忆如雨　串串下落
枯井中却没有回声

1988 年 10 月 15 日

永恒的怀念

　　我永远珍藏着对你最初的怀念。每每打开当天的报纸、翻开昨日的书卷，或者掩上如画的相册，你的眼睛，你的嘴唇，你的微笑，你淡淡的红妆，便一起投影在报纸上、书卷和相册上，投影在我如水的心幕里。
　　怎么会认识呢？——我们这两个海里的跋涉者；怎么会分离呢？——人生的小站该多么令人惆怅。

折一枝柳条，吹响一曲故乡的竹笛，在夕照斜阳的长亭短亭，送你。你笑一笑，美丽而忧郁的面容从此深刻地凿进我的脑海里；你安抚我失落的心绪，抬起双眸坚定而真诚地看着我，说我们会有相见的时候，在梦中，在信里，在相册里……

你开口叫着弟弟时，泪水已扑簌簌落下。你便洒一怀清泪，快快重回你北方的路。而挥手之间，整个世界都如我们般失落了，所有美丽的风景都失去了色彩。

从今以后，我们便开始了珍藏——珍藏起怀念的花瓣，一半在你梦中，一半在我身边。

1988 年 10 月 18 日

客家少女

赠你天真的笑语
赠你含羞的顾盼
赠你婉转的山歌

客家少女
她们是荷塘里的玉藕
妙曼地立于水光中央
一身素白的连衣裙
不胜凉风的娇羞
她们是枝头红艳的苹果
酸酸甜甜透心窝
而她幽然的香气
萦绕成梦一百年

如天际流转的霓虹

使月色更加风致
如雨后的露珠
让新叶更见光华流转
如秋日挺拔婀娜的白桦
催生发芽的诗句

客家少女
手拿竹笛引一曲山歌
天地四方的鸟儿
便一齐唤到了山中来

1988 年 10 月 20 日

此生相遇

再过上千秋万代
我们自天外回归
亿万光年中
在茫茫人海
仍有我们相遇的一角
所在的生命在不断地复原

天地浩大
时间从此停驻
此番相遇是不老的开始
它是绝世传奇
苍天没有辜负我们
结局也仿佛开始重写
比起生命更加悠长

1988 年 10 月 24 日

客家少女（之二）

她的眼睛结着忧愁
她的嘴角带着温柔
她的鼻子精巧迷人

她低眉轻笑
一顶草帽遮去你的半个天空
她打田埂走过
你眼前重叠的阡陌如有丁香飘来

她的山歌
醇如美酒
灌得你
耳醉心更醉

她的回眸
甜如蜜糖
叫你此生的烦劳
来去如刹那风雨

她的细眉
远如山黛
只看一眼
满山的灵秀顿时失色

她是草地上的维纳斯
染着雾
沾着雨
无边的山水和你一起
酿成淡雅的诗画

1988 年 10 月 24 日

永恒的主题

每日每夜如花飞雨
只怕惊醒如烟梦境
纪弦孤独呼唤
东坡黯自伤怀
十年生死两茫茫
刻骨相思唯自知
千里孤坟凄凉意
荒烟蔓草英雄泪

红豆春来发
几度秋冬如人憔悴
姑苏沈园深深庭院
却道人成各，今非昨
时光催人老
冷月葬了谁的魂
当年姹紫嫣红
都付与红颜枯骨

爱情光芒四射
死亡如此渺小
生如比翼鸟
死为连理枝
身化彩蝶双飞去
抛却尘世
爱以另一种方式永恒

一夜秋风扫古今
昨日依恋不可留

圣贤也有落泪时
他失骄杨君失柳

1988 年 10 月 25 日

回顾

历史溯流
滚滚的品评如波涛奔回
至古者的心中
那些生与死一样僵直的灵魂
因为害怕鄙视和唾沫
总是低首敛眉躲躲闪闪
他们哀叹："毫厘之差，
我们的结局竟如此不同！"①

① 引号中为廖亦武诗中的一句话
1988 年冬

赠盲人

我已没了眼睛
这世界不再光明
我不知什么是黑暗
这世界处处光明

1988 年 10 月 26 日

我为爱情结婚

我为爱情结婚
决不抱怨你的贫穷
只要你高洁的精神
在风雨中给我慰藉

我为爱情结婚
决不贪慕你墙壁的华贵
只愿你能随我浪迹天涯
我愿抛弃一切富贵和权利

我为爱情结婚
无关你动人的面容
触摸你跳动的心弦
是你我相恋的痕迹

我为爱情结婚
于是我的心瓣为你独启
这是我一生的最佳选择
我愿与你风雨同行

1988 年 10 月 30 日

母亲和孩子

月亮和星星隔窗相望，光满处美丽盈窗。
孩子在梦乡呼吸，他带着奶香的脸儿蕴满微笑，静夜传出他的健康信息。

妈妈静静地望着他沉睡的体态，纤纤手指在轻轻地理顺他额前的毛发。

星和月在远远地张望，幸福是一片温馨和安详。

孩子一路踢踏着石子和泥尘，可爱的小天使啊，他总要想方设法绕道回家。

而忙碌了一天的年轻妈妈，在黄昏日落的时候，已不止一次地在遥看，盼着她今天放飞的小鸟平安归巢。

孩子的手中拿着一张满是粉红蔷薇的卡片。

他在母亲的遗像前默默伫立。

天国在什么地方？妈妈这么久还不回来？她会很孤独吗？他泪光闪闪的眼睛端详着墙上的肖像。

他要把卡片寄出去，上面写着"妈妈收"，明天是妈妈的生日。

孩子小小的年纪就会欣赏妈妈的妆扮。

而妈妈妆扮之后，总是和爸爸在一起。

他便孤零零地想着妈妈妆扮时的笑容，爸爸脸上的笑容和奶奶拉他出门的笑容。妈妈的妆扮，妈妈的笑容，全属于爸爸呀。

还我妈妈！他小小的年纪放声抗议。

孩子畏缩在校园门前的柱子旁，无助地看着大雨和闪电。

滂沱的骤雨捶打着地面，恐怖的雷声轰隆不休。他在校门口抖索不休的两棵树下抖索不休。寂寞和害怕，让他小小心田涨满了无语的冷风。

妈妈不再是爸爸的妻子，爸爸正在远方，谁来接我回家？小伙伴们一个个被撑伞戴笠的人接走了，校园渐趋死寂，他小小的心窝储着一怀泪水。

1988 年 11 月 1 日

初恋

晚秋像幅刚着色的油画
在西湖的波光中飘拂
月色阑珊，夜的灯光胜过白日的辉煌
你看，四周落下了许多缤纷的色彩
隐约地在空气里颤动
如年轻的心跳

我们相逢了
笑一笑，榕树感染得恍如少年
比起我的生命
今晚或许更为永恒
天涯海角我将永记你的叮咛

同乘一叶扁舟
协力划行
我将不负这良夜的夙愿
你的笑容婉如我心中不败的罗兰

1988 年 11 月 6 日

赠丽人

设若人生将匆匆消失
到路的尽头我会蓦然回首
只为望你
在淡淡的晚风中茕茕孑立的

那孤清而美丽的剪影
千言万语寄鱼雁
山长水阔
落到你的身旁

你的眼睛将伴随我疲惫的影子
像星，像月，像阳光的温煦，像山峦清丽
夏天把她藏进诗集
冬天置放于心里

如其我是浪迹天涯的流云
注定此生惆怅宛如柳永的杨柳岸
对着此时的晓风残月
想起你时
便有丝丝暖意盈我的心怀

1988 年 11 月 8 日

红唇

你不加过滤地接受男人们的殷勤
扰得秩序和方寸全乱
如花美貌藏利刃
冲冠一怒纷至沓来
不堪往事知多少

让臭虫把你的红唇叮咬
以免再有人尝你流毒的诱惑

1988 年 11 月 10 日

雁说

我自江南来
那时他在岸边正数着落花归去

他的心很小很小
只容得下桃花如你的容颜
一叶扁舟停泊在姑苏的黄昏
漫天霞光怎敌你眉间的一点朱砂

而你在海的那头
他在这头召唤
牵引着你轻柔妙曼的步伐

1988 年 11 月 10 日

你在暮色中离去

你在暮色中离去
只留下浅浅的吻
雨后的黄昏
在你轻轻的脚步声中
充盈着离别的泪

你红色的小帽
轻如飞燕的身影
从我眼中飘去
黄叶铺满秋日的石径

桂子正当芬芳
在黄昏恬静的安宁中
我们好像牵过手
此后失散于蒙蒙烟雨
而在我记忆的屏幕
握手和分手
都定格成美丽的场面

1988 年 11 月 11 日

销魂

我二十岁前的生命
仿佛虚过
在心幕里留下印记的
是你青春的容颜
偶然的相遇
叫我如何来诠释
这冬日下午的心结

你像一片槐树叶子飘到我跟前
又轻轻地从我的眼帘飘去
在你的回眸中
销了我此生的魂

1988 年 11 月 16 日

你已使爱远离

让我亲吻你？
你的嘴唇已经涂着肮脏；
让我注视你？
你的眼神闪着迷乱；
让我抚摸你？
你的毛孔滴着污秽；
你的脸庞那样陌生，
纵使美貌还挂在你身上，
可你已使爱神远离。

1988 年 11 月 18 日

我不留恋

我不留恋
过去就让它过去
何必肝肠寸断
往事如花飞雨
眷念也是徒劳
无论如何
明天都有新的太阳
重整旗鼓
且见分晓

1988 年 11 月 20 日

槐园
——梁实秋薄祭

在美国西雅图的槐园
留着你的一束鲜花
那是你今生后世的祭品
曾让你的浊眼贮满泪水

程季淑，你清华时的女友
你动乱时的爱妻
她把你后半的生命
带入了异乡的尘土
她把你精神的支柱
移植在异国的上空
在槐园桦木区 16—C—13 墓地
你的眼睛是一抔净土
在她的旁边
有你为自己预订的结局
深深的爱河，深深的恨意，深深的惆怅
曾让你在槐园久久徘徊

如今
台北添了个新坟
向着西面槐园
日夜魂梦相随

1988 年 11 月 24 日

邀请死亡

乌鸦从我的意识中掠过
世界吐出死亡信息
我遭受一百次的监视
仍然终止不了歌喉

和笑声同饮一杯香茉莉
让整个房间充满生命的气息
然后打开门窗
架起二郎腿
大胆地邀请死亡进来

但只来了一阵风
但只来了一阵雨
死亡好像很羞涩
没同我握手便匆匆逃遁
照一照镜子
我的眼睛对世界脉脉含情

1988 年 11 月 26 日

到了那时

到了那时
苦行和灾难形影相随
江雾一片迷茫
船再也兜不出圈圈

我捧起你温柔的嘴唇
吻的却是空气
一切都很模糊
我和你
恍若风和雨的隔膜

到了那时
我将告别你
将你的爱情
葬在温暖的忘却中
倘此后能有祭坛
算是你对我生前的忠贞
但不要泪水

1988 年 11 月 28 日

秋

桐树结熟了秋天的色彩
风沙吹瞎了太阳的眼睛
我追寻你的脚步
一阵风萧萧
掩没所有的足迹
在白云之上、黄沙之下
留一片空城
所期待和所问候的
一切都成了过去
只有迎风飞扬的红纱巾
舞乱了这个秋天

1988 年 11 月 24 日

在南方

在南方
月儿弯弯挂窗沿
静夜的气息弥漫成帷幕
枕头却不让我安宁
梦乡浮着失眠的眼睛

我解开缆绳
偷偷地放走南方
月色素洁唤我向北
那儿有我的家乡
所有的故事都从那里启程
小屋门前的潋潋青溪
如今谁还在那流连徘徊
翠山是否依旧守候着我的归来

1988 年 11 月 26 日

我们需要新的太阳

揭开昨晚的帷幕
我们从黑暗走出
背起年龄去看太阳

昨天的故事已然陈旧
将它尘封于黑夜
任时光飞快转眼

决不纠缠成败利钝

微笑吧，唱吧
让你的心扉挂满欢乐
让你的眼泪写着爱情
走，看日出去
让我们告别昨晚
摇走不幸的日子
去迎接新的太阳

1988 年 12 月 1 日

接受

我接受阳光
也接受风雨
对于无从逃脱的
我都甘愿接受

我接受荣誉
为自豪配上无边的快意
也接受辱骂
我知道它们常尾随荣耀

我接受爱情
接受炽热的吻和温暖的胸怀
也接受黑夜
接受断裂的色彩和凄清的空间

我接受成功的喜悦
和赋予的身价
也接受多舛的命运
和失意后的冷落
我心坦然，我行坦荡
对于那些无所逃脱的
我都甘愿接受

1988 年 12 月 1 日

记忆的沉船

且让我们打捞记忆的沉船
夕阳西下
平静的海水引不来激荡的波浪

江南三月
收到了我们的请柬
仿佛处处是明朗的春天
后来我们只觉得沉重
如海边越凝越厚的雾

在世界流浪了几度春秋
我们已斑白了华发
相互致第一声的问候
在岸边静听潮声涌动
回忆之门洞开
我们却不约而同地迷途
一艘古船随记忆下沉

感情如烈焰渐渐熄灭于水底沉船
世界归于无声

1988 年 12 月 2 日

给你

倘我合眼之时
你远来我身边
有一二滴清泪
滴我发凉的手背
这已经很够
我将安然长眠
只是孤独和痛苦
从此不能与你共担

在我的墓地
你无需长久地哀怨
更不应有泪
让哭泣打乱我沉思的灵魂
我只是睡着未醒
让纯真的怀念归你独存

这空旷的田野
到处是我的声音
像风，像雨，又像温柔的水流
轻轻地掠过的发际
让你在忧伤后面

生出美丽的友谊之花

我们曾经相爱
却是那样的没有指望
如今命运的废墟
掩埋了我的血肉之躯
你无须哀伤
生命再不能重来
还是留下你的花吧
如果你愿意
将我此生都未曾拥有的 你的吻
印于我的照片之上
这已经很够
很够

1988 年 12 月 4 日

关于恋人

不是两块坚硬的石头
靠偶然的冲击排在一起
不是两条流动的小溪
在孤独中拼凑

你们是互相选定的一棵树呀
有你精心的灌溉，有他认真的生长
在这棵树下你们共担风霜
让它绿叶长青，花开果结

1988 年 12 月 4 日

起来吧

起来吧
虽然前方依旧风雪飞扬
起来吧
不要让挫折击败你的精神

起来吧
你坚韧的骨骼还在身上
起来吧
你的热血依旧在沸腾

选择了你前进的路
就不再旁顾或者动摇意志
起来吧 扬起你的旗帜
向着太阳大步前进

1988 年 12 月 5 日

说创作

岁月的风雨
流成生命的河
情愫在水中跳动
独坐中
自我被清空
万千才思从水底暗涌而来
眼里渐渐有了人间的尘埃

四时风物化为涓涓流水
从心尖流淌

1988 年 12 月 6 日

孤独颂

呵，孤独
进来吧，快进来吧
我打开房门迎接你
我推开窗户欢迎你
我铺开稿纸书写你
你进来吧
别站在门口踌躇

过去我曾把你抛弃
如今才觉你的可贵
你进来吧
我伸出双臂拥抱你
我含着热泪亲吻你
我打着寒颤呼唤你
呵，你的乡音，你的气息
一切我都熟悉
一切我都珍惜

外面高音喇叭在吼
外面皇冠的土在飞
外面有摩登的太阳
外面有温柔的小夜曲

这熟悉且已腻味的都市
已安放不下一张平静的书桌

进来吧，孤独
我离散已久的兄弟
让我看一看你的模样
让我闻一闻你的气息
坐在床上吧
让我们推心置腹交谈

呵，我的兄弟，进来吧
让我拉住你的手问个不休
瞧，我华发早生
已不再受香水的诱惑
也不再步入咖啡馆、酒吧、舞厅
我要告别喧嚣
和你一起回乡
看无边的春色
听秋草虫鸣
写垂钓的诗
吹芦苇和笛

呵，孤独
我如今面对青瓦一屋
庭院已扫洒过了
就等你的到来
桌上酒杯已摆好了
让我们来默默对饮

1988 年 12 月 8 日

妈妈我把伞丢了

丽丽送书来，不慎附上田晓菲的一首诗，我疑其作，意改之。

我把伞丢了，妈妈
窗外正是雨季
日子在淅淅沥沥中发芽
本想出去寻找天晴
翻晒昨日泛黄的记忆
可四处都还是湿漉漉的
我的心涨满了绵绵秋水
妈妈，我把伞丢了

妈妈，我把伞丢了
我不能撑着它一路狂奔
在回家的路上探身墙头的葡萄
我不能在雨中流连
去意彷徨恰如夏日的季风
我不能在雨中欣赏自己
那一朵簪在鬓边的茉莉
我不能在雨中微笑
潇洒地摆动我年轻的衣裙
呵，妈妈，我把伞丢了

我把伞丢了
明天也许还连着雨季
我被隔绝在雨帘里
看不清来去的小径
我寻求太阳
也寻找我的伞

1988 年 12 月 8 日

爱情

之一

你温柔的嘴唇让我销魂
你纤纤玉指暂停了钟表的流逝
我把隐私全交你的手中
我变得不再富有

爱情虐杀了一百零一种向往
我的感情宝库已断了烟火
我写不出诗
甚至情书

之二

你的信无意中点缀了我的孤独
我想跟拳击手争论寂寞
恋爱季节世界在眼里是温柔的泪水
张大嘴巴想打个喷嚏却怕浪费你的吻
我试图把爱情交给秘密日记
道德给我戴一副玩具手铐
你优美的眼眸孕育着二十岁的夏天
火辣得令青春总不安宁

1988 年 12 月 10 日

我愿像一片秋叶

如果死亡是片拦路的大海
我的魂灵已无处安宁
世界追击我神圣的头颅
为了不向魔鬼俯首
我愿像一片秋叶
静静地躺在水面
又静静地沉没

1988 年 12 月 10 日

你眼神的秘密

你的眼睛
为什么躲躲闪闪
结着那么忧郁的愁怨
难道仅是为了回避
那太熟悉
又太遥远的面孔

闭上眼睛吧
让我温热的唇
宁静地落于你的双瓣
你回吻的气息
急促而热烈
让我破译了你眼神的秘密

1988 年 12 月 12 日

窗里窗外

你的眼睛结着忧愁
你的脑海幽藏寂寞
你的心房热烈又冷漠
你的寻觅迷失在远方

你闭上眼睛
一行清泪恣意滑过面庞
湿漉了你我
旧事如尘

所有的记忆都悄然闭合
往事如井
不望窗外
那枫叶小路

1988 年 12 月 14 日

你的悔恨
——给她

当初你正年轻
明亮的大眼睛溢出迷人的微笑
当初你把纯洁扔去
小巧的嘴巴沾着男人混浊的气味
世界在你的眼中旋转色彩
犹如

在男人跪拜中酿成初错后不断被炫耀的牌
犹如
一个个曾被珍视又粗暴打破的花瓶
犹如
一叠叠花花绿绿的钞票
在你青春作伴的低吟浅笑中
五彩缤纷之后便成灰灰白白
空空如寂寞的城

你也许还有尊严
生活也许还会重新开始
可你生命的花蕾已经枯萎
犹如不堪记忆的枯井

1988 年 12 月 14 日

无花果

匆匆而来又匆匆而去
好像很亲近又好像很陌生
若即若离
如火燃烧的情诗
抵达不了你冷淡的胸膛

每次都带着渴望而来
每次都带着失望而去
如同一切都不曾开始
可我已瞭望千年

早已成熟的秋果
总不见你去采撷
一年四季
都空挂枝头

1988 年 12 月 16 日

寂寞之夜

寂寞之夜，我面前是一杯变色咖啡。在色彩流动的舞厅，我注视着热闹的空间……

我品着咖啡，品着这灯红酒绿。我回忆往事，想远方的你。

在音乐声中，我饮下人生离别的愁与苦。

咖啡沉淀得好浓，仿佛我的思绪，孤独随夜色凝聚，凝聚成杯中浓浓的咖啡。

寂寞之夜，我坐在咖啡馆里试着消磨孤独。

1988 年 12 月

维纳斯

当初我不敢看你
你的熠熠光彩和完美弧线
令我目眩
在相遇的眼光中
我的瞳仁惶惑又不安

呵，维纳斯
你的微笑
你温柔的唇瓣
你洁白的肤色 饱满的胸脯
如阳光下的雪莲扰乱我静默的心
我把脸背过去
我把眼睛躲藏在山岗的阴影下

可你是一份宁静
你的眼眸温存如斯
肌肤神圣而纯洁
你凝视世界
嘴角牵起笑意
思想和灵魂从海面冉冉而起
人世间怎有完美如你
你是生命的大理石像
阳光轻轻抚摸你
是在给你伟大的静谧增辉
人们的目光在你身上凝聚
是在赞叹绝美的人体

在艺术之海徜徉
我非分的欲望烟消云散
呵，维纳斯，美的女神
让我久久地久久地把你端详

1988 年 12 月 20 日

鸟和我

我看见天空中浮着一只鸟
徘徊着不知去路
它形单影只
爱情和友谊与它无缘
半空中它划着一圈一圈孤寂的弧

这只鸟啊
其实并不孤单
在不远的地上有我默默陪伴
为它描写心事
为它分担忧郁
可谁来陪伴我呢
鸟只回首望了我一眼
那短短的一瞬
终究道尽了我们的缘分

1988 年 12 月 24 日

黄昏失去诗意

残阳的血色浸染了世界
鹧鸪隐没天际
两只红嘴相思鸟在半空中划了个圆弧便无影无踪
你叹口气把吉它挂在树上让它打呼噜
古寺的晚钟拨响这宁静氛围的弦
黄昏已来你还没追上爱情的脚步

走出灌木丛走出蜿蜒小径让荆棘刺伤你的手
你用血指把你的名字在青石板上打了两个XX
晚霞即将消失诗意即将消失你的目光掠过
一阵悲哀和凄凉

零乱的记忆中你忧郁丛生你的心房流了血
你咬破嘴唇你忽然明白其实还有明天
也还有风景还有晚霞
要去你就去吧我什么也不挽留
你甩一甩头发将满园秋草留在了身后

1988 年 12 月 26 日

献给黄土地的诗

我们不再拒绝大海的邀请。
——《河殇》解说词

太阳送给地球珍贵的土壤
历史随星空悠转了几百载几千载
我们的先民
在黄土高坡上生存繁衍
他们用火药打猎
他们用指南针寻路
对于身外世界从不越过雷池
面朝黄土背朝天
日出而作日没而息
我们的先民啊

对土地怀着深深的眷恋
他们将沉默凝在生存的空间
他们千篇一律周而复始地生活
温饱是人生全部的主题

追求温饱
便筑起山寨城墙
那黄土高坡
俨然是世外桃源
生和死没有多大意义
日出和日落同样悲观
只管自己好好生存
哪管身外世界
一辈子、一代人、一族人
他们满眼都是青山密林
能超越土地的限制吗
大海上不见中国人的旗帜

历史选择了我们的先民
他们在黄土高坡上书写一部中国畸形的历史
他们的眼睛从不离开陆地
昔日的甘英只会被海啸吓退
地理大发现与中国人无缘
历史选择了我们的先民

尽管也曾有班超西进的功绩
尽管也有唐帝国的博大精深
尽管也有成吉思汗的铁骑直逼俄罗斯
尽管也有三宝太监下西洋的辉煌
尽管也有郑成功收复台湾的绝唱
可那黄土高坡

始终像条拧不断的缰绳
系着黄河沉重的船
拴住我们先民的心

历史要发展
中国要前进
思想须解放
国门须开放
我们呼吸着来自大西洋的风
我们沐浴着来自太平洋的雨
我们不再固守着那份沉重的土地
我们不能再拒绝大海的邀请

1988 年 12 月 30 日改定

请相信吧

过去并不等于忘却

今天永久存在

我用坚实的身子

在风雨中

站成有力的大树

我的枝枝叶叶

都是紧靠你的卫士

给你温存

又给你平安

然后

然后我将离开你
远渡温存的岸栈
在异域的花香季节
我默默地流泪
又默默地
为你欢颜

我将不再回来
只将记忆永远库存
当一切都结束时
我将心爱的花
献你的像前
岁月在此停顿

1989 年元旦

幻灭

音乐在静夜开发了夏天的魅力
星星在天空给爱情留下了位置
旋律临近
盛放着灿烂的光辉
心在激动地燃烧
俘虏灵感的火焰
可到底把握不住
那精灵似的诱惑

美妙的含情带愁
飘逝在遥远的天际
在甜美中落差
颓然一片虚空

等

等过一个春
等来一个夏
又等来一个秋
等等到了冬

白霜爬上枯枝
枫叶尽染
满目凋零的苦涩
在心头放大
风也瑟瑟
那红雨伞
拒绝我的邀请
只管在街头徘徊
风雨茫茫
我像被遗弃的孤儿
寒冷灌满身体
我等谁呢
谁又在等我

1989 年 1 月 3 日

晚景

——赠斌

古寺的钟声让天空洒满了宿鸟的羽毛
霞云烧得如你美丽的容颜
我们将一路心事
握成心中盛开的小花
晚风起自玉阶
在我们的天堂
彩羽振翅而飞
不被任何事物禁锢
天地苍茫
心自由地飞翔
又自由地栖落
听细水长流

1989 年 1 月 4 日

情谊

孔雀的羽毛再美
也不能装饰我们的情谊
明月照亮了别人的窗子
你的眼睛烛照我的行程

1989 年 1 月 6 日

感情似水流动

在目光的对流中
感情似水流动
蘸着花香
凝为永恒

就这样站着
千年百年
似一幅雕像
没有人能读懂你我传达的秘密
风沙一次次将此深埋
忘记时间
如同一切最开始的模样
在默默地倾诉

1989 年 1 月 6 日

无望的爱情

啊，爱情
不要让我为你发狂
在你甜蜜的微笑里
属于我的只是忧伤

啊，爱情
不要引我陷落情网
在你短暂的快乐之后

我会很快死亡

让我冷静地面对你
望着你嘲讽的嘴角
我的牙齿打着寒颤
该怎样和你的影子告别
我希望这莫名的伤悲
能把我冻结成失忆
这前世的尘缘
永无交集的可能

1989 年 1 月 9 日

我挡住你身后的寒冷

让我用宽厚的胸膛
挡住你身后的寒冷
不用害怕
尽管没有阳光
天空也老阴沉着脸
有我
就赋予你生命的热血

请相信吧
过去并不等于忘却
今天永久存在
我用坚实的身子
在风雨中
站成有力的大树

我的枝枝叶叶

都是紧靠你的卫士

给你温存

又给你平安

1989 年 1 月 10 日

如果不忘记你

是把你放逐

还是芬芳心田

为这

我的心起了硝烟

如果只贪恋漂亮的容颜

不计是非，不问人品

那是自欺欺人

我会为自己羞惭

挽留你吧

可你在我心里已没有位置

纯洁和高贵早已离你而去

如果还要留恋你

那是对我的惩罚

1989 年 1 月 11 日

问

是不是所有的春水都能解冻坚冰
是不是所有的爱情都能战胜死亡
是不是所有的等待都有结局
是不是所有的冬天都注定寒冷
是不是一生只能爱过一次
是不是对别人的爱情只表示沉默而从不思考
告诉我吧
是不是美貌会给你幸福
是不是泪水只宣告不幸

1989 年 1 月 12 日

凄冷之心

辉煌的灯是你的眼睛
凄冷的星是我的心
隔着千山万水
你柔情的光芒
已不能驱去我
心壁的灰黯
你美丽如初
我却好生憔悴
希望和失望，幸福和痛苦
在回忆起你时
便在我心头同生共灭
你的眼睛至今很明亮

我的心至今很凄冷
两者好像没有什么关系

1989 年 1 月 13 日

写给我的追求

也许追求的时候
便潜伏着失败
但我并不是只为了鲜花
才愿抛洒晶莹的汗水

也许向上的努力
只会成失意的总和
但我会为自己献上赞歌
只要没有背叛内心的走向

也许每一次前进
只被嘲笑簇拥
但我不会回头
我知道太阳为我热泪盈眶

并不是黄金和桂冠
才能标示生命的价值
并不是荣耀和名声
才能作奋斗的阶梯

我追求
自有成功的渴望

我追求
亦有失败的准备

1989 年 1 月 14 日

苦难选择我

苦难选择我
我不逃避
如果一百次承受苦难
在一百次的苦难中
我奋勇生存
血肉丰满 斗志昂扬

即使苦难放我一马
我也会主动选择
我为理想出发
中间横着九十九道难关
我义无反顾
昂首向前
绝不向风沙和暴日称臣

1989 年 1 月 16 日

光明的诱惑

只要有光明诱惑
我愿忍受一切黑暗
待我寻到了阳光下的高地
收拾往昔零星的悲苦
我愿把苦难写成一首诗
它是最跌宕动人的一章
轻轻朗读
淡然而笑

1989 年 1 月 17 日

注定

如果泪水注定不是为了悲哀
如果欢笑注定不是为了幸福
如果爱情的激流注定不能
在心中形成美丽的回漩
请不要责怪
因为一切都有定数
倘若该挽回的都难以挽回
像时间如梭不可复还
相濡以沫最终怨怼到终老
不如在最好的时候戛然而止
请不要让错误继续

1989 年 1 月 18 日

给你

从今开始
我要腾出一块洁净之地
安置你的形象

外界的一切不再惊扰你
原始的模样
让你现时的笑意
和最初一样新鲜
让你明亮的眼神
在白天黑夜一样闪烁

哪怕尘埃落满肩头
我也要用最柔美的笔墨
在心的上空
书写你的名字

1989 年 1 月 19 日

我想象我的爱人

我想象我的爱人
她是红叶的化身
眼前是流金的光彩
而她只要是一首小诗

我想象我的爱人

她是蔓藤上的葡萄
满世界是珍珠翡翠的闪亮
而她只要晶莹的眸光

我想象我的爱人
她是大海的女儿
她满怀温柔的情意
洗去我的征尘和血痕

我想象我的爱人
她淡泊而宁静
四周是名利的市场
她的眼中独有我的价值

我想象我的爱人
她是一朵不染淤泥的莲
在我被世界背弃时
她是守候我孤魂的小花

1989 年 1 月 20 日

爱情小札

为寻找心中的恋人
我愿走遍天涯海角
唯有爱情
能使我疯狂歌唱

呵，爱情

我历尽艰难寻求你
黑夜醒来
你是我心中的孤星
寒冷降临
你是我身边的篝火
暴雨成灾
你是我眼前的方舟
我远离空虚
不再感到生命的无助
因为你
我向着神圣的目标

呵，爱情
你浓香似酒，热烈如火
我要等待你的承诺
和你一起燃烧
共赴生死

1989 年 1 月 21 日

情人，别

呵，情人
不要错乱我的生活
不要让你失控的爱火
烧毁我眼前的书桌

呵，情人
不要霸占我的空间

不要让你妩媚的眼神
逼仄我的天地

呵，情人
不要诋毁我的爱好
不要让你重复的亲吻
剥夺我说话的权利

呵，情人
不要羁绊我的思想
不要让你妖娆的身段
阻挠我自由的来去

呵，情人
有时你不要来
且去一旁休息
让我好生独处

1989 年 1 月 23 日

让忧愁走出酒里

酒入愁肠
在日暮斜阳痛饮三杯
却浇不灭心头块垒
在白天告别黑夜
对着月光醉去
梦永恒于生死
天地与万物同醉

忧愁走进我缱绻的眼帘
凝着浓浓的浓浓的慨叹
草木枯荣在眸中起落
故园的炊烟袅袅升起

让忧愁走出酒里
随梦中的小河东流
散着不成诗句的叹息
沉入大地柔软的怀里

1989 年 1 月 24 日

致母亲

听说在故乡
我的母亲
每日为我烧上三炷香
她虔诚地磕头
在神的面前
为我祈福落泪

做梦
她也想着儿子
念着他的乳名
饭桌上
她总忘不了
为儿子摆上一个饭碗
她一生清苦

迟暮之年仍想着为儿子
多节省一个铜板

她打扫儿子的房间
她整理儿子的衣物
她翻看儿子的相册
为她的儿子
她默默的忧愁
又默默的欢颜

听说在故乡
我的母亲
每日为我烧上三炷香
她盼着见到儿子
又托人告诉儿子
别想着回家荒废了学业

她已然疾病缠身
却一再说身体硬朗
别为她担心牵挂

1989 年 1 月 25 日

情人

如果情人纯粹是为了装点门面
以衬托自己的威仪
显示自己的身价
我愿逃避

在生命的长亭短亭
一千次，一万次
告别爱情

如果情人纯粹是为了消磨寂寞
需要时唤来
不要时抛弃
从不在生命中占有份量
我愿忍受这份寂寞
在漫漫的长夜
一千次，一万次
告别爱情

瞧，我的眼泪已干
为了我的爱情
——那纯洁的精灵，我生命中的泪与血
我在默默的等待
一千次，一万次
在等待

1989 年 1 月 26 日

寂寞

一个夏日的午后
孤寂蔓延到心底
天空中飘着雨
寂寞算什么呢
我拒绝了女孩的邀请

我确实很寂寞
在窗口默默张望
那女孩已去
雨裹着人流满街乱跑

1989 年 1 月 26 日

心愿

如水的温存
如风的清柔
在惆怅的黄昏
等候你轻轻的脚步

愿一切都像水一样
从我的手掌流过
愿一切都像风一样
从我的瞳孔飘过
而我的等候呢
是清秋的桂子
它淡淡的香气
芬芳着你此行的旅途

1989 年 1 月 27 日

流连在岁月的掌心

致敬渐行渐远的青春 给力永不绝望的生活

给祖国

我可以不要财富
只要我的精神
还能挺立
我依旧要在
凄风苦雨中
歌唱我的爱情

我可以不要爱情
倘若它要占据我的理想
只要我的眼睛
还有一丝光明
我便要站在
生命的高峰
呼唤我的太阳

我可以不要阳光
倘若我的祖国面黄肌瘦
为了塑她崇高的美
我愿远离一切许诺和诱惑
心甘情愿把自己抵押

啊，祖国，亲爱的祖国
你就是我的财富
是我的理想
是我的阳光
是我的整个生命

1989 年 1 月 27 日

担心

我担心
春天的花会被风雨打湿
已成标志的雕塑会轰然倒塌
苍茂的大树总纠缠着死藤
我担心
窗口结下灰色的篱笆
芳香开始远离鲜花
时间让我失去对你容颜的记忆
也许我的担心是多余的
我担心你讲出这句话

1989 年 1 月 28 日

苦难和金钱

最不幸的人
往往不谈苦难
他们将嘴唇紧抿
双眼光焰似火
他们把头昂起
发出青铜般的幽光
双脚坚定有力

最苦难的人
往往不谈金钱
别人为尘世忙忙碌碌

他却拥抱梦乡
哈，这倒是个清静的世界

1989 年 1 月 28 日

给和接受

给我幸福
我愿接受
我将好好珍惜
从不奢侈滥用

给我苦难
我不回避
一蓑烟雨任平生
来无怨去无恨

1989 年 1 月 28 日

空穴来风

把等待和向往
在目光中
孤零零地
悬在夕阳残照的枝丫
眼神无所保留
世界以冷峻的神色回望

在静静的绝望中
望着空穴来风
忧郁的情绪
在天地之间传染
晚霞悲凉
我与自己单独对话

1989 年 1 月 29 日

蚂蚁之歌

从早到晚，从晚到早，你来来回回地忙碌着。

你捡拾着粮食，你背负着建筑工具，你来来回回，上上下下。要下雨了，你更见忙碌，忙着搬房，忙着运粮，忙着携妇将雏转移。

短短的一生，你都在忙。纵使当初知道降生便是为了工作，为了忙碌，想来你也不会拒绝来此世上。

渺小的蚂蚁呀，你不知道我们这个世界还有比你更渺小的人，他们整天游手好闲，好吃懒做。如今，他们正在百无聊赖地看着你们。

1989 年 1 月 28 日

结局

这是最坏的结局
却也是最好的收梢
你在我的世界里为别人留下眼泪
而我无法将之收纳

你是我的眼
我却不是你的泪水

还好
无望的爱情
并不拒绝我们的友谊
如诗一样美
如花一样艳

在你别后的余年
望着当年并肩过的石径
枯叶再次覆盖秋天
多少人在重复我们的故事

1989 年 1 月 29 日

忘记

该忘记的就忘记
那往日的不幸
那无望的爱情
不要让它们留在心幕
这样
只会徒增惆怅的色彩

该忘记的就忘记
不光痛苦
还有荣誉
别把勋章老挂胸前

迷乱了眉眼

因为这

只会使你

欲步不前

最好也忘记名声

遗忘所有负累

轻得只剩一缕精魂

在平凡的生活中

创造你

不会被人遗忘的成绩

1989 年 1 月 31 日

骂街

有女人的地方

就有骂街的场所

乡村养了许多女人

乡村提供了许多场所

乡村女人骂街的时候

树上的鸟儿吓跑了

（它们闻到了火药味）

田里的雀儿飞远了

（它们听到了铜锣声）

牛停止吃草

（它们忽地听到了闷雷）

狗在一旁莫名其妙地看

傻傻地摇头摆尾

乡村女人只有骂街的时候
最是血性飞扬
她们的模样挺精神
她们的牙齿很利
她们的嘴唇很薄

乡村女人骂街的时候
忘了自己是个女人
忘了丈夫的身份
忘了孩子的面子
她们变样着骂
想到什么骂什么
要对峙的话
她们可以不要吃饭
来劲的时候
她们还会点上蜡烛打着火把
狗往往等得不耐烦
围着自己的主人
转了一圈又一圈
好像这一切很枯燥

乡村女人骂街的时候
据说是出很好的戏
在城里有钱也看不到
女人们平时像绵羊
只有骂街时
才显出勇敢不凡
给终年平淡的生活
添了一二点悲喜的色彩

乡村女人喜欢骂街
据说这是因为闷得慌
据说这是为了寻求热闹
据说这是为了平衡心理

1989 年 2 月 1 日

可不是

你忘了关门
让小偷跑进来
可不是
面对着盗窃一空的房间
你该怎么办

你结了婚
忘记了关上
小小心扉的门
让一批感情的追求者
占据心房
可不是

爱情应该忠贞不渝
你该怎么办
亡羊补牢也不晚
生活的大小事
千万不要粗枝大叶

1989 年 2 月 2 日

乡村少女

薄暮中浅浅的夕阳
在草虫乱鸣的阡陌
追上轻盈碎步
和你一起
走成一行渐行渐远的韵脚
远方是云是成群的归羊是美丽的云霞
还有那
衬起你英勃笑意的
红草帽
你挥一挥手
锄上的蜻蜓飞去又落下
构成晚秋的童话

在虫草乱鸣的田野
田埂延伸
分明有一幅流动的画
在我的眼里展开
你红红的脸庞
你高挑的胸脯
还有你浅浅的微笑
你的红草帽

1989 年 2 月 4 日

酒

红的、黄的、白的
且一齐灌入喉咙肚肠
让脸变红
让肌肤饱涨
开始发牢骚、猜拳、骂街

用后门和关系网
兑换茅台
用茅台
打开后门和关系网
拎着酒袋
在名利场毫无阻挠
出出入入
利来利往

不是说
酒逢知己三杯少吗
好，让我们
一日醉饮三百杯
喝酒！喝！喝吧！
不光是为了相识
不光是为了庆祝
还有浇愁
还有为明天的期待
喝酒！喝！喝吧
这黄汤白水
这奇怪的液体
喝了它

道你的喜

道我的喜

道大国小家的喜

喝了它

浇你的愁

浇我的愁

浇大国小家的愁

酒，这奇怪的液体

跟中国人有了四千年的缘分

李白举杯邀明月

人生得意须尽欢

杜甫一旁响应

且尽生前有限杯

香山居士也高吟

今朝不醉明朝悔

王维劝君更进一杯酒

汨罗江畔孤独的屈原一声长叹

众人皆醉我独醒

曹孟德纵声长笑

一人独醒有何益

还是杜康能解忧

解忧？

对！

解你的忧

解我的忧

解中国人的忧

君不见

东篱把酒黄昏后

李清照暗香盈袖舞蹁跹

"一杯酒尽了忧愁
我的生命就欣欣向荣"
喝！喝酒！喝吧
但愿长醉不愿醒
喝！喝酒！喝吧
为了友谊，为了爱情，为了胜利
喝！喝酒！喝吧
为了与你同销万古愁

把剑卖了
拿去买酒
把发剪了
拿去沽酒
把金龟当了
用了换酒
把权力和原则卖了
用来喝酒
诗酒趁年华
有酒可喝
什么都可以干
我醉了
于是一切都变得模糊轻飘
呵，茅台，XO，路易十三
诗人们靠你唤醒缪斯
商人们用你广开门路
官员们用你通于交往

酒
你真能使人的灵魂上天吗
酒，酒
你这奇怪的液体、难挡的诱惑

瘫了古今多少头脑
历史在前仆后继中
歪歪斜斜地书写酒精中毒

　　　　　　　　　　　1989 年 2 月 4 日

归宿

走了很长的路
何处才是归宿
路的尽头我怅然若失
于是回望那走过的路

是母亲的摇篮
那里有的是暖和平安
在那里我听不到风声雨声

是爱人的怀抱
那里一片温馨甜蜜
在那里我春风满帆

是都市的大厦
那里是鲜花和美酒
在那里我拥有桂冠

不，不是的
它们只是我生命中的一个行程

何处是我的归宿

那是我梦牵魂萦
在记忆中永不褪色的
我挚爱的
热土

在那里
我开始生命
血液如海潮汹涌
在那里
我开始寻求
我从那里飞出
她用微笑送别
她又用热泪告诉我
别忘了重回她身旁

呵，我何必怅然若失
我已选择归宿
那是我梦牵魂萦
在记忆中永不褪色的
我挚爱的
热土
我愿把羽毛和微笑
一并还归她的土地

　　　　　　　　1989 年 2 月 6 日

在夜半

在夜半
四周传来均匀的呼吸

我的相思 如
窗边泡了的苦茶
它还滴着血
把你的名字和微笑
染成我眼里的雾霭

我已搁置书本
打开门窗
在空房里摆好桌椅
我要拉着你的手呢
看着你的眼睛
和你低语
我的气息 因你
凝重粗急
可四壁皆空
房中只有我
和回声中的叹息

写诗时夜已深沉
想起你
已不能让我的心
在寒夜里温热
独对窗外幽幽星光
相思愈久
寸寸成灰

1989 年 2 月 10 日

江南不再羞涩

江南不再羞涩
她张开玉臂拥抱外来船只
她明眸微启诱惑异域的眼睛
各种颜色的旗帜在她身上左顾右盼
江南在一次骚动中
打开了几千年尘封的门窗
万千气象潮涌而来
江南重拾往日的风采

但从此江南也开始患病
一只苍蝇旋绕于她的心间
大西洋彼岸的劲风
吹来了星罗棋布的酒吧舞厅暗妓院
江南不再含蓄
曾经娉婷的步子已带不动书卷气
街头巷尾尽是花花绿绿的小报
不堪入目的字眼随风挑逗
那些烫发的温柔的男士
连同穿流行色的摩登女郎
肆无忌惮地撕毁江南的温婉
他们谈金钱谈享受也谈刺激和性病
江南的夜照样美丽
只是少了古典明净
有许多邪念和罪恶
在这美丽的夜晚膨胀
不再顾忌什么禁区

据说江南很富有

但又有人说
江南显得贫乏了
她很不幸

1989 年 2 月 12 日

断裂

一切都将断裂
爱情和友谊
会在一个莫名其妙的时候
宣告结束

一切都将断裂
尽管你心中是绚丽的天空
但最终逃脱不了
黑夜的埋葬
世界被你的眼睛丑化
你用心和苦泪
一次又一次
咀嚼昨天

深的浅的微笑
浓的淡的情谊
会在一次风雨中
或者一次摩擦里
打上死结
而孤独袭来时
便把那断裂的

粘在一起
这便是回忆

1989 年 2 月 18 日

消失

让我消失在你的心田
像影子似的
如水如风一般
消失

在一个清晨的花香里
一切依然
而你的倒影里不再有我的形象

从早上醒来
到晚上合眼
一切都开始隔膜

我的欢笑和痛苦
与你的温柔和关心
分隔在
早晚渐渐隔离的时空
而窗外的花
不知它的衰败

1989 年 2 月 20 日

当初

当初
我用颤抖的双手
接受你
从心间飞出的
爱情

而后的风雨中
我倦怠了对它的滋养
最初的悸动消磨于寡淡日子里
猜不透你失落的双眼

如今
让我用忏悔的双手
归还你
你的天空
归不还的
是对你绵绵的追悔

1989 年 2 月 20 日

我在心中，培植着一朵小花

我在心中
培植着一朵小花
用我的诚心
常年为她送去阳光

用我的抚爱
月月为她带去雨水

是的
我在诚心地
培植着一朵小花
我希望她在我心中
开出灿烂的芬芳
她只是一朵小小的花
却是我生命的光
为了她的幸福
我愿放弃许多
呵，小花
你可知我的心中
隐含着许许多多
说不尽道不完的
忧愁
为你　为我

那一次忘了浇水
第二天我就后悔莫及
呵，小花
请你一定好好地理解我
千万千万不要听了风的谗言

1989 年 2 月 26 日

大海

大海在汹涌，他的每一阵激动都溅起千朵浪花，每一朵浪花，在阳光下都是绝美的造型。

有人说大海很崇高，很庄严，很有气魄，也很兴奋，你看他的胸怀是何其广大。

可是谁也不知道，大海其实很孤独，只是他在默默的忍受着，尽管偶尔也会发作，有时他也很消沉，但在冲天的气势中这消沉和悲伤消失得一干二净。

他没有爱，他凄厉地扑向礁石。

他没有恨，他用温存为礁石抹去伤痕。

更多的事，他以沉默跋涉心田。

1989 年 2 月 27 日

那夜

那夜，我默默离去。月华独照我的孤影，影子和我一起流浪。

回望那小船，那曾经撒满欢笑令人流连忘返的小路，曾是我们的天地，如今一切逐渐模糊远去，你我终于走失在时间的长河。

渐渐隔膜的，还有那日里为我送别的眼睛。在今晚的夜色中，一切都飘远了，满世界只剩下我孤独的心。

那夜，我满世界寻找你的踪影，影子和我一起流浪。

1989 年 2 月 28 日

且慢

且慢
你这暴风雨
我的门窗尚未关上
我的心栏尚未设防
我还在天真地想着晴朗
你不要来得这么快
打落了我的花朵
浸湿了我心灵的空间
难道还要扼杀我的向往

且慢
你这不幸和谶语
不要把很多的过错
堆在我头上
我只是个孩子
不会像别人那样
善于伪装和保护自己
处处为自己设防

且慢，且慢
让我们先好好交流

1989 年 3 月 1 日

燃烧爱情

燃烧爱情
唤来酒神
用太阳的热烈
激动每一根冷淡的血管
让神经兴奋起来
赋予每一个夜晚丰满秀丽

燃烧爱情
用深深的渴望
带给明天无限的温存
用甜美的歌喉
给昨天送去圆满的微笑

燃烧爱情
让我们的世界色彩斑斓
让天空有比翼的鸿雁
让湖畔有美丽的鹤影
燃烧爱情
让我们用真诚的火把
照亮年轻无瑕的眼睛
让我们用火一样的心
温暖这冷漠的世界

1989 年 3 月 3 日

不要来得这么快

不要来得这么快
你这炙热的吻
面对你坦露的胸怀
我不知该说些什么

不要来得这么快
你荣誉的花环
在你耀眼的光圈下
我感到自己竟是那样寒碜

不要来得这么快
一切预视和愿望
天空时常变幻色彩
请等我成功的那天

呵，不要
不要来得这么快
我相信上苍已安排了一切
只需要在时间的轮回中
慢慢追寻

1989 年 3 月 4 日

看《吻》的女孩

你看着《吻》
那天长地久的渴望
在你透明的嘴唇
冰冷而多情地写着

罗丹向你走来
笑着挽起你的手
你的血液霎时丰满
你的目光
再也结不起冰川

你用轻轻的碎步
打着黄昏
《吻》
忽然写满你青春的扉页

1989 年 3 月 7 日

记得那时（外一章）

记得那时，夏天在宽大的榕树下熟睡了。

我默默地注视着你，你默默地注视着我。

月色疏淡，星光隐约，远处的灯火渐入梦乡。

生活令我身心俱疲。你哭了，你说没好好爱着我没好好关心我；你
又笑了，你说爱情会让人年轻，会让人愉快，会让人忘掉痛苦。

你把我沉重的头靠着你温柔的乳房，你把我凝重的忧郁放在你酥暖

的胸怀。

就这样我睡了，睡得宁静而安详。你小小的心竟是我的宁静的避风港呀……

记得那时，我梦醒过来，天空已蒙蒙亮了，我的脸颊有你的吻有你滚烫的泪，而你却靠在那宽宽的树根上睡去了。

记得那时，我轻轻地吻你，轻轻地吻去你眼角的泪你唇边的泪。

红豆

我一直珍藏着那颗红豆。

在一个春天，我把它连同王维的情怀一起种进那首千古流传的诗里。

而我惆怅了许多年，许多年我反复吟咏着那首诗，许多年王维和我一样惆怅。

当初我们分手，你把你的泪交给这红豆，你把红豆放在我的掌心。

你说我的心胸很大很大，像海像山。在你为我拭去腮边的热泪后，你又"啪啪"地滴落了成串的纯洁的诗行。

其实，我的心很小很小，反复扩张也只能容下红豆容下你的容颜。如今，红豆已然苍老萎缩，我也憔悴了。而你——我苦苦相思的丽人，还那般年轻么？

许多年了，我总要在那首诗里寻寻觅觅，我寻找些什么呢？

那颗记忆中的红豆哟……

1989 年 3 月 8 日

正是阴雨时节

正是阴雨时节
蔗田里有人在嚼甘蔗
他不知道脸上流的
究竟是热泪还是苦水

因为拒绝痛苦
他在炎热的夏天
躲进蔗田里大快朵颐
他要让蜜汁流进心房
让心房不再充满
失恋的苦水

但雨还在下
照样凝成苦泪
但泪还在流
快要流成小河
他的心越发苦涩

正是阴雨季节
他在蔗田里彷徨
他希望甜蜜
可咀嚼的却是
痛苦
——这样虚伪的生活
十字架压着他的行程

1989 年 3 月 9 日

年轻的时空

年轻留给我一个美丽的回忆
茉莉花茶至今还飘着芳香
那蓝色的咖啡馆
依然容纳着我的幻想

在一个偶然的季节
你我静默凝望
越过了千山万水
天地间芸芸众生
只与你相遇
微妙的缘分
瞬间成为永远

你的名字已然模糊
可年轻的心呵
在这华灯如水的夜晚
依然在俯首人世的种种

它们是尘封的年华
尘封的秘密
此去经年
可还有神奇而美丽的时空

1989 年 3 月 10 日

流泪的诗

记得那年
我们的天空被青橄榄诱惑了
一年三百六十五天
都流着甜蜜
蘸着酸涩

那时我们的心绪
如一支轻飘的歌
在单纯的笑声里
柔柔地打上默契

你至今还怪我薄情
为什么不来送行
我只是不愿让泪水
奔腾在你我的心河
而那天晚上
我摔碎了酒瓶
向着你远去的方向
嚎啕大哭

也许
太阳底下不再有
我们的影子了
也许
我们不再在一起
听潮，看榕树叶子了
也许
在生命漫长的季节

总有那么一种等待

在我根植了思念种子的心田

悄悄流泪

1989 年 3 月 12 日

迷路

有一天我迷了路

在你的眼中我发现前方有神秘的湖畔

我不知该怎样走

你的眼睛是小小的绿宝石

青春温柔带着一种冷静的美丽

永放光芒

单纯的心呀

要我迷途知返

年轻的灵魂

却让我久久留恋

我迷茫中无力动弹

啊，借问天使

何处是通途

1989 年 3 月

爆炸

爆炸，让我爆炸

让我在这世界爆炸

浑身碎骨
不留一点痕迹
让我爆炸
让我像一团空气
在炙热的阳光下
喷发出火焰
爆炸
在世界的眼里
炸成一束鲜艳的花

我要爆炸
炸毁我残喘的心、总不能高昂的头
还有不为自己走路的脚、绝望的爱情
让它们爆炸
不留下任何尸骨
爆炸，爆炸
将所有似笑非笑的面具摧毁
将所有复杂的徘徊之路遮掩
将我的悲伤以及他人的讽刺
在爆炸声中打上圆满的句号
我明白
我知道
只在这热闹的声响里
我的心能飞向蓝天
扑向永恒的太阳

让我爆炸
我不留下一点悲哀
甚至叹气
只是要把我的灰土
回归生我养我的大地

我对那岚岚的小草
毕竟还有深深的眷恋

1989 年 3 月 21 日

黄昏的等待

一次又一次地
在黄昏的时候
站在门槛上
若无其事
远眺夕阳
看着光影一寸寸地游移

我不知道这是为了什么
真到一位男孩告诉我
我很好看
凭栏而立，如依依杨柳
连夕阳也染上了这种感情
是么，是么
我天真急迫地追问
他却笑一笑跑远了
回首还向我扮了个鬼脸

我也不知是为了什么
要老是这样站着
其实我是在想心事
或数门前飘落的叶片儿
可有一天却再也隐瞒不了自己

小男孩笑着说
我是在等一个人
等她轻轻的脚步
从门前走过

1989 年 3 月 23 日

城市，我是一个陌生的小孩

九月
城市你轻飘飘地
随高考通知书
涌入我热泪盈盈的眼眶
我遥远的山村
流水欢畅

我有了一对飞向城市的翅膀
夜晚的梦中生出无数遐想
那是个未曾谋面的美丽世界
一束圣洁而神秘的光

父亲临别说
咱家世代就你到过城市
姐姐说
记得写信告诉我城里的故事
而母亲则说，对于城市
你只是一个陌生的小孩

城市

我是一个陌生的小孩
火车把我从遥远的地方
带到你的身旁
你的眼睛深邃如琥珀
上下把我打量
我就这样规规矩矩地站着

城市，我是一个陌生的小孩
我在努力把你熟悉
每日清晨
环绕你的轮廓长跑
剪下你柳梢头上的晚霞
作一副新画寄给家乡
在乡亲们的的眼中
你还是个陌生的内容

城市
如今我睡在你身旁
静听你的呼吸
把你的心跳慢慢读懂
我用一番比城市人更真诚的心
热爱你，歌唱你

1988 年 10 月作
1989 年 3 月 24 日改

城市是一条流动的河

城市是一条流动的河

男人是岸
女人是水
小孩是风吹碧浪在河上流动

1989 年 3 月于雨中

痛苦

已经说过了
在痛苦的时候
只吹响山间青青的竹叶
让它的每一个音符
每一个节拍
都振作起自由和快乐

虽然乌云常鸟兽般聚散
虽然我曾惊悚于雷电
和雨点中睁大了的透明的眼睛
——那拉长了的问号和叹号
痛苦毕竟不是一张薄薄的纸头
它是江南梅雨时的苦杏呀
不想咀嚼只能拼命地含泪咽下

已经说过了
只将痛苦和着泥
在雨水中慢慢流失
它生长又灭亡
就像消失又生长的雨水
不需要固定的联系方式

永远都不给你带去阴云

永远都不给你带去雷电

永远都不给你带去竹叶

1989 年 3 月 27 日于福建日报 6 号楼 508

酸果

在果实累累的秋园

我们采撷青色的酸果

咬一口

触动了年轻的角落

当初它没能发芽

因为那个春天缺少雨水

也没能开花

因为阳光照射不到生长的土地

却在不经意的流连里

结了果

它没能长成鲜美的果实

我们摘不到秋天的微笑

当初企盼的芳香

只能交给风的叹息

这果子

未经时间的沉淀

跌落在酸涩的青春边沿

1989 年 3 月 30 日

夜色如唇

夜很浪漫地散步
风裹着铃声笑语涌向远空
仿佛一首柠檬色的小诗
诗眼是温柔的夜色

我们分明触摸了夜的肌肤
心和心融成一曲柔美的交响
夜和我们一样多情
浪漫的是你的唇我的吻

你的唇是支温柔的小夜曲
萦绕在我的心怀
夜也浓得像杯咖啡
我们共饮了一生的甜蜜与苦涩

1989 年 4 月 1 日

雨季

雨季如春草疯长
窗外一片阴郁
女孩变换着衣裙
优美地和夏天漫步
雨滴给她的青丝扎上明珠

女孩们与漫长的雨季缠绵

冒冒失失地从男生宿舍穿过
有意无意地笑
温柔的长发
飞扬的白裙角
成了他们眼中最美的风景

她们打着伞
走在校园的细雨中
走进了少年们的青春岁月

在忧郁的雨季
女孩充满着诱惑
追上那个喜爱的女孩吧
和她在雨中撑圆
那淡红的小伞

1989 年 4 月 4 日

希望和失望

我的心潮是一叶帆
涨了又退
我的翅膀是你放飞的风筝
飞了又收
前方是天堂之门
还是地狱之路
我的脚步踌躇不前

人世间浮华的名利

一次次搅动宁静的心
遥看深山古寺
听木鱼声声
内心也生就皈依之感
又见外面的世界很精彩
像在神秘地召唤

我背着十字架
在夜晚的古寺徘徊
寂寞被欲望抒写
如果我的心狂恋着太阳
世界本应赐予微笑和宁静

1989 年 4 月 7 日

洞

青春如漩涡
有一双纤纤秀手招摇
许多不着边际的幻觉
在脑中交替
半遮半敞
洞摇着双手
吐出红的绿的黑的舌头
在隐蔽的角落叫卖

眼如深沟
还有张大的嘴
如洞
深藏着深深的欲望

洞啊洞
你
欲
沟
难
填

1989 年 4 月 8 日

女孩

雪花无声地落满整个世界
你的足迹在地上默默地生长

那时天地很枯燥
青春满目苍白的脸上隐约有火苗跳跃
你却很矜持地说
只是若无其事地出来看雪
尽管以前你也曾失恋过
却不肯相告对方的名字
临走时对我嫣然一笑

穿过林子
将你遗落的足印拾起
目光透过厚厚的雪
远处只余一个白点
生长又消失
从此我知道
你的名字叫秘密

1989 年 4 月 18 日

不该这样的

不该这样的
将一杯苦酒
倒在伤口
让它发炎、溃烂
又有谁来同情悲伤

真的
又有谁会留给我一个悲悯的神色
你所钟情的眼光
已经幽禁了她的柔情
苦闷
只是她留给你的纪念章
干嘛还要镌刻在心里
难道还要为无望的爱情
唱一支岁月的哀歌

为什么苦闷的时候
依然为她的无情开脱
不该这样的
你在折磨自己
难道还要她为你
大方地表示怜悯
你呀

1989 年 4 月 20 日

你的信

你的信像南飞的燕子，带来你的问候如你唇边温柔的春意。

你的微笑浮在字里行间，像一朵春天不败的花。

捧读你的信，每个字像一颗透明的葡萄，让我的心里漾着你美丽的眼睛。

我喜爱春天，我收获着一个又一个春天。我把你的信当作太阳，蜜汁像太阳雨从你的信里流出来。

1989 年 5 月 3 日

江南的雨季

江南的雨季
柳絮纷纷
筑我一江春水的相思
长长的街道流成河
小纸船随波飘摇

这河水呀能不能流向北方
跨过重重翠峰
载我去你的故乡

梅雨不停
我的心中注满愁绪
醇成一壶酒
如斯长夜
独酌

谁知我湿润的心

在江南的雨季
我寄一纸素笺
簪上春雨里的杏花
让鸿雁带去你的身旁

1989 年 5 月 4 日于三明

岁月
—— 赠郑成辽

1989 年 5 月 6 日，三明市政协主席郑成辽在三明宾馆设宴招待阔别四十余年的校友、台湾著名书法家钟福天先生等人，相谈颇多。

四十余年的历史
像你们杯中的酒
在谈笑声中过去
有风 有雨
更多的是你们爽朗的笑声

四十年前
你们喜欢看日出
而如今 在雨后的三明
你们牵着岁月的手
远眺夕阳
你知道
夕阳和朝阳
其实一样美

在友人无限的感叹中

你又一次抚摸你稀疏的白发

你确实老了

但我觉得

你的心还很年轻

如三明新城清晨的露滴

1989 年 5 月 6 日于三明

幸福的日子

每一次分手，我都充满深情地对你说："今天是最幸福的一天。"

每一次回忆，我都充满幽情地对你说："昨天是最幸福的一天。"

每一次遐想，我都充满了真情地对你说："明天我们将更幸福。"

一会儿是今天，一会儿说昨天，一会儿道明天，究竟是哪天最幸福？

让我凑近你的耳旁，轻轻地对你说上一百遍，一千遍："昨天，今天，明天一样是我们最幸福的日子。"

因为能和你在一起，每天都会是最幸福的日子。

1989 年 5 月 10 日

吻

如果全世界都闭上了眼睛，四周的空气里流着花香；在你也闭上眼睛后，我会像一阵风一样，轻轻地滑过你的红唇。

如果我吻你的时候，月亮代替了太阳，柔和代替了喧嚣，沉醉代替了单调；

如果我吻你的时候，溪水停止了流动，小鸟停止了飞翔，时间停止转动；

如果我吻你的时候，你的心胸如波起伏，你的脸带着安详的幸福，没有蒙上羞愧和后悔的阴影；

我将吻你，一百次，一千次，直到地老天荒……

1989 年 5 月 12 日

踌躇

前面就是你的家门
我踌躇着，是否从你门前经过，把手中的鲜花插上你的门窗。
花引来了蜂蝶，你窗前一片春色。
我踌躇着，是否不妨再停一停，或者把门扉叩响，把我春天的微笑和问候给你。
你微笑着开了门
我踌躇着，是否进你的房间，在芬芳的梦乡流连。
在你鼓励的眼光下
我踌躇着，是否把我的心声诉说于你。

1989 年 5 月 12 日

唇

那是世界上最鲜美的樱桃片子
那样和谐地衔接着
成熟得像透明的晨曦

那是天地间最纯红的芙蓉花瓣

在微风中微微地蠕动，蘸着醉人的蜜露

它像清凉的山泉

在秋天静静的世界里

像红叶一样落入诗的河流

在眼光无声的对流中

融融成了一个完整的造型

1989 年 5 月 12 日

燃烧

有一团烈火快要把我燃烧了，灼得我的心热乎乎的，夜里总是难以成眠。我不知道这烈火将会烧成什么，我惶惑又不安，我问我心爱的人。

她羞涩地低下头，又抬头飞块地看我一眼，那一团烈火也在她的眼中燃烧，在这火光中我的形象越来越真切。

我知道了这是团什么火，但我又说不出来。

它没有颜色，却让世界缤纷起来；它没有气味，却让心灵芬芳起来；它没有温度，却让夜晚暖和起来。

燃烧吧，火一样地燃烧吧，我的太阳！

1989 年 5 月 14 日

入戏

我不知如何入戏
用最佳的情绪拥抱、接吻

无法拙劣地模仿
像一个无措的孩子

我不知该怎样进入感情角色
只是因为不会矫揉造作
我愿意是我自己
捧出简单而赤诚的心
用最独特的方式爱你

1989 年 5 月 16 日

悼

最后
你所有的呼唤都化成一缕青烟
散淡于青山绿水之间

时光抽走了你所有的能量
消瘦而安详的面孔
布满着人生的风霜
什么是你永远的寻求
最多情呵
是脚下这片土地

你不无遗憾地
过早走完你的人生
有功有过千百年后历史自会评判
默默地
人们走近你的身旁

所有的脚步都停下来
天空轻声地呼唤你的名字
一路好走

1989 年 5 月 22 日

夜游进我的瞳孔

夜游进我的瞳孔
窗外
一片红叶漂在水面
无声无息地
漫过寂寞之河

世界在窗前定格
我伸手去托红叶
却是一支歌浮于我的掌心
三两声轻轻的呼唤
在彼岸芦花丛畔飘落
让许多夜晚
生出一对对美丽的翅膀

我们都不再冷清
爱情让我们富有
无数的白天黑夜
都一样充实温暖

1989 年 5 月 30 日

有一千个你

有一千个你
变换着不同的容颜
我愿选择
那最平常
且最熟悉的一个

有一千种衣裳
在你身上变换
我愿选择
那最朴素
又最天真的一种
有一千种装饰
在你面前闪耀
我愿选择
那用知识武装的
精神渊博的那一个

呵，我的姑娘
你不要用华丽的东西来装点
我喜欢的
就是现在的你
站在我面前的
朴实的你

1989 年 6 月 1 日

面具

白天过去
你摘下面具
用裸露真诚的心
与世间交流

白天一片光明
但我找不到你的眼
夜流着黑色
我却触及到了你的灵魂

白天你是面具
夜晚你是心

1989 年 6 月 2 日

我讨厌一切虚伪的存在

不需要你这样的微笑
只为了馈赠我
博取我的欢心
强装笑脸
也不需要像你这样的爱情
爱便说爱 不爱便说不爱
真诚的坦白
会使人好受
何须扭扭捏捏

欲言又止

扔掉你身上的虚伪吧
让它在墙角发霉
爬满绿色的小虫
但愿你看了也会生厌

1989 年 6 月 5 日

车行山中

车行山中
相逢青山来接送
雨造天虹
车如船在水雾里飘行

江南的山像驼峰
车上如匍伏的山路
伸手去摘窗旁的野花
却抓起一把蝉鸣

车行山中
人在天上
野云从岫中缓缓飘过
我拾取一片幻梦

1989 年 6 月 7 日回家途中

那一夜

　　那一夜，对着满世界的星空，大海又一次轻聆我们的柔情——在那金银色月光笼罩的沙滩上，我们一起听潮。潮声好美，如我们心中青春的琴韵。

　　那一夜，远山开始失眠，整个天空都被我们白天轻柔的声音诱惑着——在鸟声和野草酥香弥漫的日子里，我们恍若花仙，采摘着那片血红血红的秋枫，把它们献给我们如火的情话。

　　那一夜，我们依依不舍地告别。两块相隔千里的版图，在一个清风明月夜，在一湾绮丽的大海中，在一汪宁静的山林里，被两颗相思的心拴在了一起。当它们一起跳动时，世界又多了一束爱情的火焰。

　　那一夜，天空倒出了柠檬汁，在我们心头流着芬芳。

1989 年 6 月 7 日

情话

　　情话是草地上盛开的小白花，一朵一朵温柔地开放在柔软的唇间。她的芳唇，鼻子可以闻到，心房却可以感受到。

　　情话是月光下的小夜曲，她飘来时黄莺停止歌唱，蝈蝈不再跳舞。空气对流中，回响的有世界上最轻最美的声音。

　　她不是奢侈的，普天之下只要两颗相近的心都会拥有；

　　但她不能复制，她纯洁而高雅，你无视那些拥有权利地位的人，除了享有金钱，永远得不到心灵真情的馈赠。

　　用戒指项链交换你的情话，你肯定无动于衷。

　　那来，让我拉起你的手，在月光下的黄昏和你一起在桃李花瓣轻落的树叉中默数天上的星星，又温存地吟咏满腹情话，甜甜地吟你，你的情话便会像你的微笑，我心中不败的紫罗兰——自你唇边眸里溢出，开满整个春夏秋冬。

1989 年 6 月 9 日

乡村，我需要你的绿色

在骄阳烤炙的时候
绿色的世界慢慢加入死亡行列
在雨水滂沱的季节
我看见许多泥土流失
乡村
昔日富有生机的绿色天地
如今
在斧锯锄镰的讨伐下
变得奄奄一息，一派苍黄

乡村
我需要你的绿色
我不愿
枕着满目黄土睡下
也不愿
在裸露的天地生存
我不愿看到
成片的绿林倒下
连绵的青山
在民工的火光中千疮百孔
我不愿看到
稻田挖成了鱼塘
草场被房屋取代
也不愿看到
城市的污染
让你的花草树叶枯败

乡村

且打量现代化带来的富裕
新鲜空气是最奢侈的馈赠
你让城市妒嫉的
是大自然的缤纷多彩、鸟语花香
如果鸟儿飞走了
花一年四季枯萎
你的绿色不再动人
失去了本来面目
你将贫瘠而荒凉

乡村
我需要你的绿色

1989 年 6 月 10 日武平—上杭途中

虹桥

雨造的虹桥下
我们用一把小伞
升起一抹微红的太阳
远处
有淡淡的雾气如我们的鼻息

许多人走上虹桥
却看不见我们
我们走上虹桥
也看不见别人
我们的世界
除了彼此别无他物

流连在岁月的掌心

致敬渐行渐远的青春　给力永不绝望的生活

虹桥的这端是你的心
虹桥的那端是你的情
有一天
在那小花伞下
一个美丽的生命扛着朝阳走来

1989 年 6 月 11 日

逝者如斯

生命在不知不觉地流逝。
又是一个黄昏，无情地从我眼前走过。
窗外方下着潇潇炎夏的雨。
夜板着脸孔溜进我的房间，白天的生命被迫俯首。
这样周而复始的生活，是本身的枯燥，还是唯独于我经历的无味。
为什么有许多白天都缺少收获，许多黄昏都没有由衷地感动过，许多夜晚入睡前仍带有空虚的悔意？
生命在不知不觉地流逝，像条小河，河面上飘着鲜花和枯叶，转眼一切都不存在，思绪的峡谷一无所有。
窗外方下着潇潇的雨，这个夜晚，我留恋地送走黄昏，沉思着孤独地和自己的天空对白。

1989 年 6 月 21 日

门

之一

冷冷的风吹过
在我的眼前徘徊了许久
门终于徐徐而开
但我陡觉又有一股冷风吹过
把我热烈的阳光
挡驾在门外
并且，让我来时的高兴
一下子悬在这空旷的氛围没有着落
冷冷的风不时从四方涌动
我的心空和眼里涂着冷的颜色
就在离去回头张望时
一股冷风还远远地尾随

之二

我敞开所有的门
许多人蜂涌而进
我敲响所有的门
却不见迎候的人

1989 年 6 月 22 日

年少的哀怨

永是你那忧郁的哀怨
在我的瞳仁投下阴影
有好几次
打开厚厚的诗集
你像一朵白花随空中的云朵飘来
我抬头看
却寻不到你的踪迹

永是你那忧郁的哀怨
在我成年的许多时光里
你洁白的裙角
是追忆豆蔻年华的线索
仿佛一切都很完美
却少了一段芳香

1989 年 6 月 13 日

墙头草

墙头草
随风倒
风吹东
倒向东
风吹西
倒向西
一年四季风来时

无胆无识随风倒
生来你就没骨头
随风倒来少风险
倒向东，倒向西
天天照样过日子
忽然一天来了愁
愁心愁肺愁自己

1989 年 6 月 16 日

和爱神对话

可是，爱神，你慢些走，让我把话说完："并不是贫穷就远离爱情，并不是富贵就能博得爱情。"

爱神微微一笑，但她没有说话。

"我并不想向你求情，我才不稀罕向你求情。"

"为什么？"爱神问。

"因为我正直、勇敢，因为我高尚，有智慧，因为我愿将生命献给事业，献给人类，因为我相信自会有姑娘爱上我，不讲条件和我携手。"

爱神又是微微一笑，轻启朱唇："对，正是这样，你做得对，只有傻瓜才会向我求助。自己去寻找姑娘，会有人爱上有志气有耐性的人。"

我告别爱神，我梦中的爱人会翩翩降临。

1989 年 6 月 17 日

永远的女孩

同样在一个黄昏，翻开你每年如期寄来的贺年卡，总有一股花香沁鼻，它不会凋零和枯萎，也不会受年岁的侵蚀。我惊异地发现，它给我的回忆是如水的密，如烟的轻呀，装点了我苍白的青春。

我记住我们相识的时候，你惊鸿一瞥地走过。而后来你清秀的眉目一次次出现在我年轻的诗中，成全了一个少年关于爱情的所有想象。

它如清晨的流光，如风的微漾，叩开了我心扉的门，并在里头安了家。

我珍藏着你的相片和你的书信，连时光都不曾更改你在我心中的容颜。夕阳下我多少次回望你的眼，从你那闪亮的眸光里，我看见千万个你走来。

最不能忘记的是你的微笑，像一朵无邪的山茶花，微微绽放，虚度我浮华半生，不悔是匆匆那年。

1989 年 6 月 19 日

妹妹，下雨了，请撑好伞

完美地把两片红叶放在唇间
优雅甜蜜地吹响序曲时
旁边有人喊
妹妹，下雨了，请撑好伞
你第一次羞红了脸
那一双好奇的眼光
透过晶莹的露珠
在你的红叶片上停留
那时刚好下起雨来

你第一次没带雨伞

妹妹，下雨了，请撑好伞
有一次我悄悄提醒你
其实那时并没有雨
只是像雨一样绸的人群
从我们的眼前流过
你咂一咂嘴，顾盼有姿
没雨，不打紧
其实
雨在我们相吻中，行途匆匆

妹妹，要不要撑伞
在淡紫色的烟霞中我对你说
你嫣然一笑
不打紧，没有人看
夜色会淹没我们的私语
情调会增添夜的雅致
遮掩只会打破美感

妹妹，下雨了，请撑好伞
许多年过去了
你流转的眼波
在我心底飘曳如风轻

1989 年 6 月 26 日

幻象

凉风轻涌
乐声四起漂伏
在咖啡馆四面玻璃板上
仿佛有一种形象
长出了眼睛
左顾右盼
一曲而终
方觉得该就此告别
眼前的女孩已然飘远

1989 年 7 月 4 日

声音的重量

让这个季节静下来
像流水一样
缓缓地从我身边流过
在你的眸中驻留
世界仿佛消失了噪音
河上面
只有落花轻飘的声音
传递我们的信息

我们不再讲话
只是彼此相望
听着一阵阵心跳

直到沧海桑田

当这个季节过去
第一缕晨光打在你我面庞
在对方惊喜的呼吸声中
满世界忽地又多了我们的声音
——爱我，永远永远
尘封了一个冬季的冰河解冻了
化作一江春水哗哗流过

1989 年 7 月 5 日

寻求希望

我从狭窄的房间走出，爬上高处极目四望，天空遥远遥远，苍穹深邃无边，我憋闷的呼吸一下子通畅无止。

我的视野变得开阔。

总要在失意或消沉时挤出时间，去寻求生命的空间，让自己和世界对话。在一种和畅流通的心境下，所有绝望的情绪都被天边万道霞光消融了，我的心是一汪碧波万顷的海水。

我在寻求着希望，那是天边的一颗星，常常在我忧悒的时候，拨开云雾照亮眼睛。

我一次又一次凝视着远处矮矮的房间，那里也是我的希望所在。

我在两种不同的生命空间寻求着希望。

1989 年 7 月 9 日

飞翔

我常常渴望能够飞翔
你在我心中
如荒凉大地上
一株绿色恣意的小草

如果我转过头来
眼前是你的面庞、眼睛
是你那健美的身躯
我会乞求在你的胸脯之上
探出那在白雪里生长的小草
把它写上我的名字

如果我转过头来
眼前是你的背影
你一个微笑后便去了遥远的地方
那是荒岛，是沙漠，是高寒的山
但只要那株小草依然在心头生长
我会渴望飞翔
纵然没有羽毛，没有云彩
但我会找到翅膀
只要到了你身边
世界便会发生奇迹

1989 年 7 月 10 日

夏天，少女的季节

夏天是少女的季节

少女是夏天的一道风景线

夏天让世界色彩斑斓

各种富有魅力的色彩和连衣裙装饰了少女的世界

在她们欢快的笑声中

在她们轻松的奔跑中

夏天一下子让世界芬芳起来

少女，这夏天的精灵，摇摆着衣裙过了一个夏天

夏天用温柔的微笑馈赠给她们美好的青春

霓虹灯下，公园湖畔

少女玉姿绰约

岑寂时是一首和谐的诗

热闹时是一阵欢乐的歌

夏天是少女的季节

少女是夏天的一道风景线

1989 年 7 月 11 日

蓝海浪

海潮来了

蓝色铺满整个世界

喧哗的天地霎那间被净化

浪花在高高溅起

我心在低低消融

1989 年 7 月 12 日

无题

这是一个静得出奇的时候
我在灯光下晒自己的思想
目光穿梭于灵魂和现实间
空隙小得只能容下我的呼吸

红的白的，新的旧的
已经松弛地散了一地
该怎样取舍
我的脑子像只小甲虫
背着重负在灯光下飞舞
只有影子与自己对话

忽然灯灭
小甲虫迷路掉落
而另一半心空
却一下明亮生辉

1989 年 7 月 12 日

天河

我和你之间亮起了红灯
尽管四周已空无一人
但一个声音警告我
只能停留

我呼唤过
我相信那炽热且响亮的声音
一定随风送到了你的耳旁
奈何眼前一道鸿沟隔断
让我看到的只是你远去的背影

我们之间有条长长的天河
上面漂浮着两颗背道而驰的心

1989 年 8 月 15 于成都

新陈代谢

如果夏天过后依旧一片炙热
秋天的果园笼着灼人的白光
有一种警告随风而至
树起一个不许跨过季节的界碑
而暴雨
却毫无顾忌地来个洗劫
我，一个世纪的忏悔儿
为了寻求另一种阳光和色彩
举起愤怒的双臂
托起鲜血渍染的秋阳

夏天过后便是秋天
冬天过后便是春天
生死就是生死
代谢就是代谢
该收获的就该收获

该埋葬的就该埋葬

一切遵守着自然轮回之道

1989 年 8 月 15 日四川省文联

杜甫草堂

这个被诗圣风采冠名的草堂

是用诗人的心盖成的

当年杜甫

用几根衰草系住自身的命运

在萧索时刻想的依旧是

天下的寒士

如今外面广厦千万

这里也绿竹扶疏，鸟声啁啾

但草堂内分明还传出感叹

有人充耳不闻

窝棚里的喘息

歌舞升平处

仍有流离失所的冻死骨

1989 年 8 月 16 日

蜀都秋色

满街走的都是花木

弥眼而望的都是绿意

谨以此诗集

流连在岁月的掌心

致敬渐行渐远的青春 给力永不绝望的生活

成都像条彩色的带子

网住了天南地北的眼睛

少女们是群飞向胡同的鸽子

引着我的视线走进秋天的大街

细雨滴醉了我的瞳孔

微风吹来了漫天飞絮

为了一片可做书签的枫叶

我多情地四处寻找

走时才惊觉

忘了剪下蜀都的秋色

1989 年 8 月 19 日成都

武侯祠

一座古祠

把三国的狼烟吹到眼前

这里曾是当年的古战场

一个鞠躬尽瘁的身影

定格在大殿和史书的一角

人们来这里寻觅的

是一颗耿耿老臣心

四起的干戈一去不返

和平的空间

生长的是建设的号子、蓬勃的气息

每一个时代

该需要多少老臣心

1989 年 8 月 20 日于成都—重庆特快列车

峨眉山

我偷走了峨眉山
在一夜之间
我用一张信纸
把它包藏起来
一路上念着情诗
邮寄远方

你要峨眉山的云吗
我便背走它
不辞劳苦地长途跋涉
放在你故乡的天空
于你抬头看得到地方安家落户
归途中
每朵云都载着一首诗
飞向你
细述绵绵不尽的情谊

1989 年 8 月 20 日

珍品

在希腊西海岸
我曾苦苦寻找女神的足迹
可这只是梦幻里的神驰
维纳斯微笑的脸孔在白天毫无血色
那一天我从海走向山

竟在山城遇着了女神的光芒
她年轻纯真
脸孔像鲜润的苹果
眼珠如熟透的葡萄
在我的眼里透放出灿烂的光芒
她的秀发轻柔又乌黑
沉静得像秋天里的湖泊
在我眼中定格成一幅画
樱桃似的唇仿佛欲言又止

她那两个浅浅的酒窝
和清澈如泉的眼睛
似一枚神秘的红叶
静静地覆盖我的双眼
像一首浮动在脑海里的我欲撷取的诗
她是活动的艺术品
雪白的肌肤透着红润
轻灵的脚步像春天的泉
光和影的和谐统一
让她的青春
笼罩着清幽脱俗的光环

那次我遇着了她
发现心中多了一件珍品
飘渺的维纳斯忽然消逝
我心中装满了她的身影

1989 年 8 月 23 日于江渝十四轮上

赠戏剧家陈中老人

仲夏清晨的风
让细雨粘合了不同的树叶
两颗相隔半个多世纪的心
在一九八九年八月十七日
开始了不设防的触通
你的眼光深邃抚和
默默地浓缩着人生的春秋
聆听你语声沙哑的忆旧
我分明看到了
岁月怎样剥蚀一棵松树的心
雄鹰如何穿透浓重的乌云

我拜访你的时候
你正在病中
见到我神情好一阵抖索
但你慈祥的神态
让我心中的石头
像窗外的树叶般飘落
你的喃喃谈吐
让我触摸到了你透明的思想
也让我看到了一个老人
对青年的垂爱和关心

在时间和空间两岸
我们不经意地相望了六十七个年头
当我们走在一起时
你昵称我为贤弟
你用抖索不停的双手

颤巍巍地赠我一首短诗
让我明白了中间并无代沟
有的是如水般清澈的真诚

我辞别成都放舟三峡后
于渐行渐远中
寻味和你相处的时光
回到达福州后
仍觉地远心近

1989 年 8 月 30 日

翩翩

在车厢蓦然相望的片刻
你秋水般的眼睛
吹拂了我燥热的心
你羞涩又惊慌
忙从我的视线外移开
可当我莽莽撞撞转身再看你时
立刻收回了偷偷投向我的视线
用矜持掩饰慌乱
偏偏让我在这时候遇到你
这炎热的夏日
让我无事可做
只好看你
你的一举一动打发着我的年华
我用一百种猜揣
从我的眼光分射出来

你从哪来
如剔透的水晶
整个嘴角都漾着幸福而高雅的微笑
你又是那样的鲜嫩
叫人不忍让你蒙上世俗的尘埃

我看你许久了
为什么你不无怨艾
躲闪的眼光乍看越发迷人
在我的眼光里
你轻轻地笑着
让清风无忧无虑地拂着你的衣裙
你没说过一句话
其实这已够了
那烟火迷离的凤眼
已泄露了你的风韵和修养
说我是个多情的男子
思念在水一方的伊人
为何不草成一首诗
用我漂亮的字迹写上美好的诗句
交给你
但我没动
你也只是若无其事地迎着我的眼光

就在"啪"的一声中
我的美梦霎时消失
你轻轻飘下了车厢
我一时不知所措
想喊都不知道你的名字
想听却叫不出口
我欲追着你去

可怎知你的行踪
你从我窗前飘过的时候
犹若一张夺目的风筝
可我不敢抓 也抓不到
就眼睁睁地看着它远去
临走你依然沉默
只用那深邃的美目
给倚在车上望你的我投来深深的一瞥

呵，这就是你的全部话语
尽管无声
胜过千言万语

1989 年夏

八月桂花

留下一路芬芳
八月的桂花在溅起水珠的柏油路面
如断线的音乐
轻轻地，一朵一朵地飘落
雨后的天空让霓虹灯愈发温柔
铃声撒下半天的星星
在一片笑声中
夜色如水一样流进我们的眼帘
桂花的清香如云烟
飘入九月的心空

1989 年 9 月 12 日晚 12 点

海的深情

整片整片的天空
被我的眼睛
染成了琥珀翡翠

那时你在海滩
漫步在蓝天绿海中
你身后的一串足迹
在十一月温柔的风声里
被海浪轻轻地吻去
而你黄色的丝巾
衬着如水青丝
飘扬在绚丽的天空

第二次来的时候
我只能靠收集贝壳和海螺
侧耳倾听关于你的故事
回忆你的容颜
而你沉默如斯
唯有一行白鹭
飞过秋日原始而寂静的湖泊

1989 年 9 月 16 日

多情的你

想当初我看见绚丽的神采

从你的眼中流出
不知不觉中
弥漫了我二十岁的花园
带着醉意我飞蛾扑火
飞向你眉眼里的情苑

可我来迟了
在你颔首微笑的圣殿
众星拱月般围着你的转动
是一群翩翩的年少的情种
你对谁都是温柔多情
你对谁都是顾盼生姿
你慷慨地成为任何一个少年的情人

我分明来得早了
在你情帕的挥舞下
依旧有那么多倾慕者
络绎不绝
和你一起营建
早上和晚上的太阳
美丽如你
让每个细胞
带着高兴而来
载着醉意而去

一阵迷香后我升起踡伏的羽翼
发现你的圣殿少了实在的空气
你夺人的风韵已开始消失
而你依然在随意挥舞情帕

1989 年 9 月 18 日

难以言说

有许多难以言说的东西
在江湖漂泊
似乎清楚地记得
又似乎忘得差不多

有许多难以言说的东西
跟随在人生长途中跋涉
每每蓦然回首
总觉得情感濡湿了心扉

有许多难以言说的东西
在我们心中总难表达
有时是畅通的绿灯
有时是一条长长的天河

1989 年 9 月 29 日于 392 次列车

秋叶

叶子飘过整个秋天
满世界都是冷冷的眼睛
我的一百个呼唤
回应的只有：随风去吧
而后便是沉默
街两旁叶子潇潇而上

我知道天空曾邀请过我
于是我毫不犹豫地来到世界
但一种气候
却拒我于千里之外

随风去吧
有一个冷冷的眼睛在说
让你的呼唤也随叶飘去
我在十字路口捡到的
只是我昨日的心

1989 年 10 月

我无所存

我无所存
窗外如练的江水
静静流进我的心中
在轰轰的列车上
许我寂然幽和

夜航的轮船穿梭于前
苍茫月光下微涌的波涛
抚平内心的皱褶
看流光飞度

夜伸出无形的手
轻灵地触摸着了我的灵感
天空渗出昏黄的光晕
在一种诗意的寻味中

我无所存
独自品啜窗边清凉的风
如品一杯香茗
一种人生的况味

1989 年 9 月

痛苦与幸福

每一阵痛苦都孕育着幸福，每一次幸福的造访都经历了众多痛苦。

犹如一个新生命，从受孕、怀胎、分娩，少不了痛苦的一页。这些苦痛一点一滴地从你身边过去，最后居然化为辉煌的幸福之光，于是往日的一切叹息都在笑声中不复存在。

在痛苦中生长，往往也是在幸福中生长。世上没有绝对的痛苦，痛苦往往是幸福的序幕，在痛苦中寻求并获得的幸福最值得珍惜。

并不是为了逃避痛苦，就不去寻求希望和幸福的翅膀。希望的光芒一旦射进你的心扉，哪怕是多么幽微，终能诱惑你经历千辛万苦去寻，"虽九死其犹未悔"。

年轻时相逢的亲情、友情和爱情固然美丽，可你不能沉浸在幸福的蜜月里，时常也得忍受一次又一次的痛苦，尤其是接二连三的生离死别。多认识一个人，有时多了一份幸福感，有时也便多了一份痛苦。

解脱痛苦并不一定就能幸福，追求幸福并不一定就要逃避各种苦难。不食人间烟火的幸福如无源之水。

幸福是什么呢？

它是春天里经历了风刀霜剑而终于破绽而出的绿芽，它是在世态炎凉的冷漠中终于看到的关注的眼光，它是在漆黑的夜空找到的一颗星星，它是心灵之间流过的涓涓细流。

黑与昼交错，痛苦和幸福交融，周而复始，是为人生。

1989 年 9 月 26 日

处女地

我在一片阳光充足的林地里
等着紫罗兰花开
等着会唱歌的翅膀栖落

这是我新开垦的处女地
里面没有让人羡慕的东西
只有轻轻的轻轻的风拍响树林
如心扉的倾诉

只要小鸟能衔去我的一片落叶
只要紫罗兰花开一个芬芳的时节
这片青春的小树林便会长大起来

长大起来时
每棵树都盛开着一首美妙的诗
每片叶子都刻上了你的名字

1989 年 9 月 30 日于厦门大学

秋天的风景

风于是扬起蓬松的乌发
拂过我的眼际如飘起的歌

我的车马驶过秋天的枫林
黄叶纷纷而下有如灿烂的音乐海

我狂吻每一阵怡人的气息
如梦幻中你身上妙曼的青春风景

飞鸟飞过了一个世纪
又飞回一个世纪
轮回中痴守纯白的约定
露水打过的痕迹
是梦的呼吸

而我的车马只是向前
风带起一车的新叶旧叶
有如你的容颜
有如你初生的笑意

1989 年 9 月 30 日于厦大

尘缘
——给 W 和鼓浪屿

九月的深愁是风载不动的帆
神的召唤却使我启程

和你相逢在花开的季节
你青春的容颜是高贵的花
我踌躇远望 举步不前
只为了后世难解的尘缘

你是万里碧海的明珠
却安放在异乡的天空

多想采下你的美丽
却不忍那星空的孤独

和你的相会注定是个美丽的错误
心的翅膀慢慢下沉
轮回中执着的等待
苍白了整个青春

1989 年 10 月 1 日于厦门

天使
——给 H

夜幕下三角梅的清香
在铃铛的风声中
如月光般流进
鼓浪屿小提琴的合奏

你的秀发飘扬
如海波的起伏
又如远处乐声的颤栗
我分不清你是鼓浪屿
还是鼓浪屿是你

海在岸栈挽留了我们
你的低语如深秋的花香
在月夜弥漫
扣弦而歌
船桨声次第隐去

你的明眸
融化在如水的月光里

　　　　　　　　　1989 年 10 月 2 日

赠舒婷

祖辈留给我一辆破旧的车马
上百个春秋了
它拙劣得连轮子都已疲惫
走起路来吱吱嘎嘎声响不断

几十年来我一直舍不得扔弃
好就好在它还有闯劲
从不向高头大马俯首让路
好就好在那生锈的车架
依旧坚固如钢

我的车马也许只配走田间小路
但到了大道也绝不会在
权贵们的锦帽貂裘下躲避
这才是宝贵的财产

　　　　　　　1989 年 10 月 3 日于鼓浪屿

致大海

倘若黑夜淹没了我的眼睛
整个世界都不再有窗户

一切都让人窒息
我愿你在痛苦中
向我走来
用我的生命分娩出另一群生命

你是洁净的
如我的魂灵
纵然你备受污染
但你的心依旧博大
我愿在你的世界
听你的心跳
枕着你的呼吸
长眠入梦

你在月光下一层一层涌来
我小小的心房起了阵阵波澜
虽不壮阔
却也是一种响应

1989 年 10 月 3 日晚草于厦门鼓浪屿海滩

心潮

我的青春像十月的风飘了起来
只因为你初绽的红颜

我的心潮如眼前的波浪漫上石阶
漫过你的脚丫
漫过你的心胸

漫过你一生的风景

海鸟飞来
涛声涌现
曾让我期盼的情景已走向凋零
再生的是我对你的念想

1989 年 10 月

献诗

每一片叶子都沾着
如露水般圆润的歌音
在平静的滑行中顿住
每一行雨水都沉浸在
妙曼的声息中
被九月的微风吹拂
秋天踏着脚下沙沙作响的黄叶
碎步走来时
我惊喜于她脸庞的睿智成熟
和那姿态的错落有致
两个黑葡萄似的水晶
在岁月中沉静有型
我献不出什么诗
只是有一支自你唇边飞出的歌
轻轻敲醒我的心扉

1989 年 10 月

风起时

晚风起时
你的身影如黄花般瘦弱
残阳恋恋不舍地与你诀别
飘忽 成断线的音符

而你的踪迹
在我痴候几年后
依旧在晚风起处
黄叶声碎的脚步中
我一路跟随
收集起
被时节抛弃的枯叶
如我破碎的心

1989 年 10 月 8 日

我感受到你的存在

在我的书中夹了许多时日之后
新叶慢慢地枯悴了
即使在我眼中驻留已久的雨花
后来也在一个春天失落
毫不怜惜我的真情
我徒劳地挽留一寸阳光 一枚绿叶
但它们存在又幻灭
游离于我的魂魄外

只有你
在我眼中的太阳下山时
依旧是一缕绮丽的光芒
温柔地陪伴着我的眼睛
在我的黄叶和雨花转而消逝后
你亭亭袅袅，如影相升
在我的心中轻轻地伸展枝条
温柔地挠着我的心
让我感受到自己的存在
也感受到你的存在
这世界
只有你是我永恒的天空

1989 年 10 月 10 日

那时的世界

有一天
世界上的窗口都会相互对开
所有的孩子都探出头来
阳光大把大把地洒落
红气球飘向蓝蓝的天宇

有一天
和平鸽将成群成片地
从炮火纷飞的烟雾中飞出
太阳将驱散黑夜的翅膀
在长长的沙滩
不同肤色的孩子

赤着脚聚会

有一天
有的弹壳只是吹响
或者列陈于博物馆中
有一天
所有的花都不再遭受摧残
太阳和月亮不再流泪

1989 年 10 月 15 日

赠人

如果在一段沉默之后
我依旧没能回敬带刺的谎言
出来仿佛只是为了散心
无视那些惊雾和闪电

如果逃避便是我沉默的原因
面对充血的眼球不再不敢直步上前
连那些好心的探寻也不作解释
我的翅膀早已在阴云四起时收敛

无力的回答比回答还痛苦
有力的反抗即使失败了依旧光辉
如果在一段沉寂之后
我的诗篇低下了高昂的头颅
再没有美丽的花开在身旁
那就让沉默化成千片万片落叶

允许我在一段沉寂之后
祭奠往事

1989 年秋

眉目如画

你的眼睛深深如云烟凝成我的山涧
昨夜的露珠沾在葡萄上
光华流转似你眉目如画
你的美目耀眼得令我无法直视
在浮华掠影的岁月里惊鸿一瞥
当我垂垂老去时想起你的眼
仿佛回到了昔日多情的少年

1989 年秋

给 p

昨天尽可省略成一个句号
你终于走出了圈外
往事不堪回首
将它遗忘在过往
看，你脚下有一座桥
那是时间伸向你的破折号
把你受伤的身心轻轻抚慰
如水的月光亲吻你的脸颊
我满怀希望送你上路

明天是个省略号
你的人生履历要好好填写

1989 年冬

秋水·明眸
——赠詹妮弗·钟

　　我看见过一泓清泉，它一尘不染，缓缓地从秋天的山涧流过。

　　这是一潭清澈见底的泉，没有世俗的污染没有名利的迷雾，如高雅的钢琴曲缓缓流过。

　　这股清泉呀，它纯洁又明净，炽热又温存，上面有一片蓝天，有一束灿烂的阳光。它日复一日地流着，永不止步地走向前方，流入江河，最终汇进海洋。

　　你是原野的百合，告别那天，晚霞映红你的脸庞。你的眼睛如秋水般在我心中闪亮，定格成我此生忘不去的色泽。

　　你的明眸善睐，宁静清纯，透过你心灵的窗户，我看到了蓝天上舒卷的白云，太空中深邃的星星。

1989 年 12 月 20 日

浪潮

这是世界上最神奇的一股浪潮
没有浊流，一片透明
它从天方初露的眸子里升起
从月光小夜曲的温馨里涨起

从椰树婆娑的音响中来
从新梦旧梦的港湾驶出
我轻轻地呼唤着同一种声音

在陆地的边缘
在枫叶满空的树林
在着色或不着色的夜里
它款款而来
毫无阻挠地没过我的生命线
将你的吻落在我的额上
又淹去你的眼睛

这是世界上最神奇的一股浪潮
幻化成美丽的景致
让我如痴如醉
让我丧魂失魄
你一忽儿明眸善睐
一忽儿无影无踪
来如春雨
去如朝露

我想，你该记不清了
有无数个夜晚
下雨的，月光倾城的夜晚
我在岸栈边
默默地守候着涨潮
时间像沙漏般消逝
守候着你的脚步飘来
我也记不清了
有多少个夜晚
幽静的，烦躁的夜晚

我捧起小山似的波浪

寻你残留的气息

而触摸到的

是你遥遥无期的身影

1989 年 12 月 25 日

城市

喘着粗气，淋漓着大汗

在大街上川流不息

城市像不堪重负的车马

在通往身边四通八达的高速公路上吱嘎不停

城市有两个轮子

一头载着星星点点的希望

一头载着浓厚的肮脏

一年四季

钢筋水泥侵蚀着风景

在冰冷的建筑下

总要多出许多迷路的孩子

找不到纯白的家园和袅袅炊烟

净土也承载不了孩子们的目光

城市不能歇脚

它要满足众多的欲望

1989 年 12 月 30 日

风暴

你知道快来风暴了
眼前的人影已经变得烦躁不安
他的眼睛放射出灼人的热流
他的嘴唇深深地印上齿印

快来风暴了
你的心便不平静
却含着泪花轻轻的呼唤
怕风雨惊扰娇嫩的花瓣
花开在门外
你忘了关上小小的心扉的门

风来了，撞开你的门窗
野花的酥香灌入室内
那样的芬芳，那样的灼热
把你熏得全身柔软

其实那不是风景啊
那是你小小的期待

1989 年冬

预言了你我的结局

秋雨飘零如断线的音符

整个青春就这样开着缄默的花

孤独蛰伏在我的唇前

竹叶

我的青春是一枚小小的竹叶
含在年轻少女薄薄的唇中
或是忧郁　或是优雅地
唱出爱情

那是我生命的扉页
青春的脉搏漾着惊奇的眼睛
蒙着霜雪
翳着雨雾

我的青春曾为这叶子痴醉
后来少女的唇不再红润
干枯的双唇含不住鲜嫩的竹叶
消失在我默默的祈祷中

而我的扉页依旧新鲜
而坟前的竹叶依旧葱茏
而她那惊奇的眼睛
依旧摄人心魄

我竟然不知道青春已远
丝毫不觉爱情已逝
那清脆的竹叶声
仿佛还从她薄薄的唇间响起

1990 年 2 月 6 日于火车上

雨之歌

淅沥的雨
断弦的琴
在时光里兀自弹唱
青春
是最不经意的那行音符

到了那个夏季
我们不再相守
屋檐下的等待
成了离别后的内容
寂寞时刻都串成往事
我相信　在你的眸间
当这青烟凝聚不散时
便是你的红栏妆泪

即使千百年之后
蓦然想起时
檐下依旧小雨淅淅
凭栏的你依然梨花带雨
在我们远别之后
这一样的雨水啊
成了两盏饮不完的苦酒
在我们远别之后
这一样的夜晚啊
不再有甜甜的春雨
咸涩的泪滑过你我不再年轻的容颜

1990 年 2 月 20 日

那年的茶馆

在一杯茶之后
你的影子
如眼前的茶馆
在灯火的明暗中重叠

那年我们的茶杯盛满了心事
一半忧伤
另一半也忧伤

人走了
茶凉了
杯空了
你的眼睛只做了
我一屋心事的扉页

1990 年 2 月 24 日

名人之死

尘埃中你的书忽然出现
已经很破烂了
散发出腐臭
沿着二三行我喜欢的铅字
曲曲折折地
找到了你

你正在病榻前吸氧

孱弱的身体已然干涸

唯有精神撑起坚强的头颅

你的白发不止是沾上了灰尘

还结上了蜘蛛网

你被历史尘封已久

等到阳光将黑门栅洞穿

你发现自己已老了

又一次走在阳光明媚的大道上

现代而年轻的一切

竟让你晕眩

当初你曾坦然地接受众声欢呼和膜拜

可现在你却驼着背

毫不起眼地从广场一角走过

人们不再认识你

这里一切都宁静而有秩序

你不愿破坏它们

你随一片落叶飘回了门槛

便有几滴老泪滑落手心

为了不惊诧窗外的眼睛

你将满世界的门窗都封住了

却把衰老的头颅贴着玻璃

慈祥的目光对着外面的世界含情脉脉

在你流泪之后

你发现自己更老了

低头而看

岁月之河从你身边哗哗流过

你走出尘封的洞穴

却把名字封闭起来

致敬渐行渐远的青春 给力永不绝望的生活

你不愿惊动那些正高谈阔论的嘴唇
你不愿让那些陶醉者们的目光扫兴
他们把你忘了
更怕你抢走或分享他们的风头
但你已没有时间
为纸糊的桂冠粉饰
也没兴趣为不公平的待遇辩解
你不是老来俏
不再为名声添姿增彩
你把荣誉忘了
甚至还有名字

我找到你时
氧气已对你十分吝啬
你的生命树在慢慢地枯萎
从你浑浊的眸子里
却长出另一棵高大的树
尽管满是疤痕
尽管缠绕着沟壑
如你额前深深的皱纹
却能开出叶子
在我眼中常青 常绿

在我知道你的名字后
我们已没什么时间交流
在见过两次面后
你已垂下了头
像马拉那样安详地伏在书桌上
一部部著作一个字一个字地颤抖着
为你的名字打上圆满的句号

你是个大名人
却连小花圈都稀罕
谁也不知道你的死
仿佛你已死过两次

1990 年 2 月 27 日 于福建日报招待所

雨季

总是在雨季
低垂的烟蒂浮着红伞
堤岸上木棉初放
并蒂莲在湖中映红了脸
我们的心事
莲一样的白嫩

多少年了
依然走不出这雨季
生命的旅途一程又一程
长亭短亭间 蓦然回首
雨霁依然
小伞依稀

这走不出的雨季啊
让我流连了一年又一年
你从窗前走过
倾听雨滴屋檐的声响
轻轻叹息
融进窗外的雨雾

这不知不觉的岁月
不是在雨中流连
便是被雨水冲刷

1990 年 3 月 2 日

正午情绪

盯着空洞的瞳孔
四下搜寻孤独
一行人匆匆而过
影子在脑子重叠
思索他们的归处
灵魂无处可依
漂泊的宿命

在咖啡厅喝酒
搅动液体
情绪淹没在眼前的漩涡
整个正午如纯白的目光
眼圈却在变黑
困顿的境遇
灵魂的羽翼灌了铅
打回原形
窗外行人匆匆

1990 年 3 月 3 日

相信太阳

不会总是黑雾和浓烟
深锁着寂寥的大地
不会总是荆棘芒刺
横阻着长亭短亭
不会总是绵长的雨季
让人生的空气潮湿沉闷
不会总是忧伤和叹息
缠结着青春的心扉
不会总是讥刺和冷漠的面孔
冰凉了我们生存的世界
不，不会总是大风
吹散向往的翅膀

告别昨日尘封的记忆
走向的将是新鲜天地
用满腔热血的期待
扑向太阳
永恒地歌唱

相信太阳
会让丑恶和暗夜烟消云散
让低垂的翅膀重又掠过斑斓的天空
让搁浅的征帆重新航向晨曦的希望
相信太阳
每天都将捎给你一束崭新的光环
美丽地向你微笑
相信太阳
会带给你新生的信心和心灵的光明
而不需要任何贿赂

1990 年 3 月 17 日

光线

我走向海岸
为了寻找每一个被梦慰问
又被梦击碎的声音

太阳在热烈地燃烧
可海水却骗了我
它用蔚蓝的弧线
轻吻我的肌肤
舒缓着我沉重而痛苦的精神

而我最终被判处了死刑
你蓝色的眸间
升起的根本不是雾
也不是爱情

只有那带刺的光线
像长根似的慢慢爬上我的脑神经
大海霎那一片血红
鸥群的羽毛在夕阳下
纷纷坠落
死亡的钟声敲响

1990 年春

回忆年轻的滋味

总要等青春落幕布满尘埃才来后悔
纵横的皱纹
往事是不堪负重的桥
你我是摇摇欲坠的行人

当生命轮转到尽头
不再是芳花酥草的世界
满园只孤留枯叶几片
天地两茫茫，人也无语

酒是年轻时酿的
只是到了秋天
那感觉已不是酒
青橄榄的酸涩
留在唇边

1990 年 4 月 6 日

赠可爱的女孩

眼神能胜过所有的言语
微笑最能展示青春的魅力

比春天的杨柳还可爱
比六月的樱桃更鲜润
和我的诗一样透明

和我的灵魂一样完整

像启程的红帆
心湖中一个永远的符号

1990 年 4 月 10 日

存在的意义

我怀疑眼里的一切是否还有存在的意义
脂粉在你的泪中溶化
流下面颊
你失去血色
脸色苍白如灰
如你颤抖的唇

此刻
玫瑰正在栅栏外毫无意义地开放
这当初相逢的地方呀
如今深凝着沉重的叹息
车站除了人流的喧哗
一切都保持着沉默
即便言语也如白开水
阳光分射不出色彩
偶尔混杂着生命中一点血色的东西
那是你我两年前交融的目光

如今荒烟蔓草
与你有关的从前

飘散又流逝
绵长的海岸线勾勒不出你的容颜

飞雁一阵忧伤
风筝搁浅在回不去的过往
月光呢
从此它是一条无处皈依的弧线

1990 年 4 月 12 日

风·影子·人

风走失了。它在沙漠中浪行，寻不到再见的方向。茫无边际的戈壁，太阳毒辣的光亮刺得风热灼灼的，四处乱窜。只因没有再见的影子，它认不清方向，不知道再见的存在，它漫无目的……

我们在阳光下走，身后有一串清晰的影子；我们在月光下走，身影也清晰可辨；我们在灰暗的日子走，身影还是贴在我们身上。

只要灵与肉俱在，我们便永远不会走失。

给自己留下一点影子吧，为了证实自己的存在。

给后人留下一点影子吧，为了让他们在人类的星河中找寻遥远的你。

1990 年 4 月 15 日

颜色

我曾想寻找一种颜色
装点自己的青春

我的窗口
不再是灰色的世界

有一回
窗户亮了
你的眼睛放飞了
千片万片温柔的花

五颜六色的花
开满了积水的新湖
这一天我发现
青春原本是一种富有的颜色
在人生的眼眸中盛开

1990 年 4 月 16 日

孕

三月的梅子还未成熟
季节便发出诱惑

咕咕 鸟鸣啁啾
咚咚 泉水叮咚
可眼里流盼的
是枝头半熟半酸的果子
牵住你的好奇

酸酸
皱了皱眉咽了咽口水

山妹
你馋呀

1990 年 5 月 20 日

惶然时刻

说不清有多少情愫
自你的眼角流进我心扉
从此我敞开心怀
收拢你的一颦一笑
成了我日记里天长地久的主角

总是在惶然相顾的时候
悸动的心将微红的脸庞酿热
你沿着小径款款而来
与我重逢在黄昏的海滩
所有的故事仿佛重演
校服的裙角让我回到从前

雨雾中我再次回望你的眼
把一切都交给明天吧
是太阳亲吻你的印迹
还是流水慢慢地将它抹去

1990 年 5 月

别绪

把你的心事放在荷叶上
把我的思念漂在湖泊里
你投影在我的波心

有了雨水就不要眼泪
有了泪水就不要言语
默默地握手吧
悲喜都融化在此刻的温情里

你是三月的雨水呀
我是无舵无帆的艄公
我不知道雨水咸
我不知道泪水咸

1990 年 6 月

少女时代

我们的青春连着无边芳草
少女时代无忧无虑
心永远是透明的
眼睛能复写所有的心事

不曾计较什么
不曾防备什么
藏在心中的明天

永远是甜蜜的企盼

摇着花的影儿成梦
追着海的波浪欢呼
天空倒出了柠檬汁
写诗的指尖流着兴奋

——青春无悔
——青春我爱
世界的每个角落
都广播着我们的回音

1990 年 6 月

纵使你的目光哀怨无比

纵使你的目光哀怨无比
也难在我心头结下薄冰
你透明的灵魂曾将我抚慰
我倾尽一生回报此情
无关风月与爱情

我终究没有将你的手握在掌心
你的心不必为我而空
我们的友谊林地永远根深叶茂
有一棵树，有一片叶子
我便会像小鸟在你窗前啁啾
有一滴雨露，有一行泪水
我便会像山泉洗去你的愁绪

我体会着你生命中所有细小的悲喜
如此相伴比爱情更高尚
当你滑下一滴泪
心里的惆怅让我难以成行

1990 年 6 月

园丁

你的花园要种些什么
花、草、松、竹
你的场地要收获什么
灿烂的微笑、阴沉的叹息
你的门窗要关闭些什么
温暖的阳光、诗意的乌云
你的心房呀永驻些什么
爱情的翅膀、流泣的青春

我是最好的园丁呀
我要把你的一切
修饰得娉娉婷婷
让你的一生
像朝露在阳光下映出鲜花的影子

1990 年 6 月

赠亚平

我们曾在一起喝酒
苦涩的液体注入身体
喝了便结一段忧肠
渐渐地意识模糊
世界在我们眼中摇摇晃晃
人生摇摇晃晃
爱情摇摇晃晃
路呵路
我们将一路醉语
深一脚浅一脚地
步入梦与现实的歧谷

1990 年 6 月 12 日

窗口的花

记忆
在雨水中慢慢濡湿
打落了花瓣的暗香
幽然飘入冷冷的诗行
临窗而望
昨夜残留的露水
是她日夜哭泣的泪痕
在雨中
她永是一朵被踩躏的花

1990 年 6 月

彼岸
——赠 H.S.Y

想起彼岸
你乃是一梅浅浅的花香
在七月的深愁
被船载得无影无踪

所有的欢笑和泪水
一时都忘了收住
任它逐水而去
变作余波点点

等到下一个美丽的花期
沉寂了整个冬季的灵魂
忽然绽放
大地为之赞叹
在你年轻的心中
那远远的　还是个谜呢

1990 年 6 月 25 日

写在海边

沉默的沙滩
海在天边勾勒成一排波纹状的哨声
幽静的天穹
远远掠过鸥鸟的飞翔

岸栈上的倩影
被沉静渲染着如水的神态
内心却波涛万顷
有一种无言的涛声
凑合着渐逝的余韵
阳光折射着
凝睇的眸子悠长而寂寞

1990 年 6 月 25 日

情帕

绿茵茵的草地
蹁跹着舞影
手帕下柔和的阳光跳跃
情侣迷人眼

一方薄如蝉翼的手绢
在许多彩色的夜晚
擦出无数个往事的火花
天亮时帕巾斑斑离人泪
草尖上挂满了露珠

1990 年 6 月

叹梨

面对一枚烂掉的梨
我不知道怎样抒情

成群的苍蝇
在视野中转圈
得意的嗡鸣
听起来像支歌

多少鲜艳的梨
只可惜在赞歌中变了味
饱了蝇们的咀

1990 年 6 月

不凋的生命树

终于有一棵千年古柏
矗立在我们路经之途

自那天相遇
自那天牵手又分手
无数个斗转星移
古柏依旧葱茏

在我们路经的地方
古柏承受着无尽风霜

卷过一阵风沙

树身便多了一道印迹

漫过一阵暴雨

枝干便多了一条疤痕

刻着坚贞和信赖的年轮

生命将永恒不老

一百年，一千年

星星殒落了

河水枯竭了

树心依旧年轻

在我们的灵魂里

轻轻歌唱

1990 年夏

低头体会生命的风景

如果跋涉到天涯海角

只为寻找随处可见的贝壳

如果攀上高峰

只为观赏遍地开花的草木

莫如抛开大而无当的一切

低头体会生命的风景

绿洲不会被沙漠淹没

只要它留下来

便会在

风尘中扩展

昨天不再是明天的预兆
它为今天揭开了序幕

1990 年夏

回声
——赠 ZHL

仿佛
那是为了寻找一个回声
很远很美的回声

我努力追寻
低垂的睫毛沾上了灰
回声拖着长长的阴影
一年一度 守着寂寞轮回
候鸟负伤而逃

许诺并不是完美
记忆的结尾
有一枚刺青
动人而遗憾地
烙在我的心口

依旧是个很远很美的回声
一个故事行将结束时
总会亮出最后的底牌
寂寞地响起
祭奠青春散场

很远很美的回声
几千年几万年的心空

1990 年 6 月 28 日

想起南方

想起南方
有一桩小小的心愿
在七日相别的雨夜发芽
长成一株长春藤
缠绕你远去的身影

城市的街道光滑
清冷的铁轨笔直伸远
杳无音讯
长亭接短亭
心事交叉分不清我的你的

1990 年夏

赠

如烟一般轻飘
如云一样缱绻
你的笑颜
像早春的柳叶

弯弯的一枚
勾起我绵长的情愫
柳叶是青春的书笺
夹在泛黄的日记里
不知有怎样的风景

1990 年夏

履迹

记不清有几多足迹
在忠贞的守信里重叠
爱情的种子
在脚下发芽

每一个脚印都坚实
我们并肩走过的路
沧桑过尽
两旁都长出了玫瑰
挺立了青松翠柏
爱情的河堤
筑起永恒的忠贞
水冲不走
岁月抹不平

有一天蓦然回首
但见一串串足迹
远远的依然那么清晰

1990 年 8 月 12 日

思念和酒

把许多心思酿成一缸酒
有一天倒出来
尽是酸楚的往事

酒不都是越陈越香
思念不都是越埋越深
时过境迁
来不及说的话那就算了罢
封闭得太久
有时呵 免不了酸

1990 年 8 月 13 日

鸽哨

将一枚长笛放于
我清晨的窗前
鸽子扑棱而飞
掠过婴孩般沉寂的湖水
衔去一片会唱歌的羽毛

昨夜的星辰在沉睡中
忘了自己所属的天空
你苏醒的眸光里
我的鸽哨在晨风里回旋

一切孕育着的希望
是否都能诞生
在黎明的霞光下
而不在晚上
有许多问候
都起自我的唇间
只是鸽哨
能让你听懂多少语言

1990 年 8 月 16 日

回声

有一种回声
穿过黑夜的呼吸
一夜春雨
落满茉莉的残香

有一种回声
弥漫成一缕青烟
在夕阳群岚下
孤独地守住窗口

回声是一种感应
优美而凄伤
幽长的旧时光里
逐渐清晰的是你的面容

眼睛在搜寻回声响起的地方

心灵在感应每一个漫长的空间
回声在耳 在耳
有如窗前的雨滴 檐下的落花

1990 年 8 月 25 日

可惜

如此高大的身躯
只可惜少了脊梁
风雨中
软弱得如墙头的草

如此闪亮的眼睛
只可惜少了明净的神色
狡诈、欺骗和阴毒
常年在这里蛰伏

如此腾达的前程
只是将别人的血
一点一滴地刺落
踏着死者的梯子往上爬

天堂不是你的归宿
那里一切都是宁静和秩序
那里有的是高尚的墓志铭
那里不屑卑鄙的侵扰

1990 年 8 月

旧事

黯淡的目光游离在
斑剥断裂的岁月
苍凉的风
卷去一朵渐飞渐远的白花

河流干涸
青春之舟早已没了踪迹
土地一片荒芜
天空浮起断鸿声声
问世间情为何物
这千山暮雪、万古荒原只回以沉重的缄默
天地无情
如鱼饮水，冷暖自知
那些欢乐、情欲、仇恨
只化作一缕青烟
随着死亡的黑点销声匿迹

在历史瓦砾的灰烬间
我是犁
旧路难垦
新途正长
心久经燃烧
回忆却注定是一种残缺的美
我硬朗的外壳里
流的是不温不火的血

如果祭奠只是一个形式
我何其用这么多的情思

如果忘记就能终结
又怎会辗转不舍
天地茫茫也不及我的寂寞

我是一缕孤独的晨香
寻一个百年不变的魂
从沧海走到桑田

1990 年夏

七月

七月在你的眼中
是一枚酸涩的青橄榄
离别的哀伤笼罩着阴霾的天空
无奈时光太匆匆

七月我们是天河两岸的星
在银河两端相顾无言
此去的红尘
在我们是良辰美景虚设

我并非薄情
只是不愿让失禁的泪水
一滴滴打湿握别的双手
望着你远去的方向牵挂晓风残月

七月在你别后的信中
是一个长长的省略号

却仍记得那晚依依月光
照亮你我的似水年华

1990 年夏

无字碑

我是无字的墓
更确切地说
是一块荒塚
没有碑石
没有松柏
也没有鲜花
甚至鸟鸣

我生前平凡
死后也冷清
我不希望有人朝拜
嘈杂的脚步扰乱我的灵魂
我安静地长眠于大地怀抱
来年化为春泥
我的墓志铭镌刻于朗朗乾坤
天地是我家

1990 年 9 月 14 日

秋意

蓄了一秋的黄叶
在雨夜漫延于爱的愁思
在雁儿归来时
寄出一枚
徒留空荡荡的惆怅

你是凌波的仙子吗
我沿着湖寻你的芳踪
一行白鹭
掠过秋天的湖泊

在秋天的尾声
我拾到一根竹笛
一支歌从唇间飞出
笛也属于这片秋意

1990 年 9 月 16 日

秋到北方

秋到北方
我看到一排排仙鹤
穿过白桦林
如白云中起伏的海浪
田野上升腾起秸杆燃烧的黑烟
牧人挥起长鞭甩落

暮色失去和朝霞厮杀的时空

沿着回家的路
我忘情于一二片红叶
心中有一幅无字的诗稿
绵延着南方的细雨
直到华美的叶片落尽
生命的脉络历历可见

1990 年 10 月

红叶

你看山的眼睛
透明如婴孩
是不是给我的爱情
也送来了光明

在我的心里
只要有一片叶子就够了
为了它
我找遍了整个香山

只要有一片红叶
夹在她的书中
藏在她少女的明眸下
我便心满意足

红叶

你是香山的天使
我从远远的南方来
只为了不辜负收获的秋天

1990 年 10 月 3 日于北京

荷

还记得薄荷上水的时辰吗
从朝露到晚霞
风铃摇曳
岸上是一排歌声
船上载着美酒
和四颗相望的星星

每逢出舟
便将风铃挂上船头
在无人处漫游
心事缠绵成月光下的凤尾竹

如今只有在壁上痴望
床前风铃依旧
而你风铃一般的声音
却不再为我响起

我好生遗憾
看着你笑靥如花绽放在他人身旁
酸涩与嫉妒如此深刻
在爱情面前我不是圣人

时光吃尽青春的红豆
有成群的鸥鸟从这里起飞
但再也没能落回
船只小心翼翼不愿回头

1990 年 10 日

记得

犹记得茶馆里的嬉笑
犹记得饭桌前的言语
曾将你的名字
悄悄地写满年轻的心扉

那次品尝酸的葡萄
如将你的明眸含在口中
从今后
我的生活是否多了一颗明珠

我只记得临上车前的一瞥
你自然而然地将手搭在我的肩上
瞬间我的心揉出了蜜汁
欣喜却又无措

1990 年秋

风景

我走在风景的边缘
少女走在我的边缘
风景生了眼睛山水有了灵性

秋天的风穿过我的长笛
缠绵的雨下成一湾诗海
在深秋的景致里
我甘愿化作一片落叶
点缀她经过的石径

1990 年秋

寂寞之花

你脚步沁出的寂寞
仿佛为我量身订做
在你孤独的眼眸里
我有了天长地久的错觉

孤独蛰伏在我的唇前
整个青春就这样开着缄默的花
秋雨飘零如断线的音符
预言了你我的结局

那个秋天没有开头
后来好像也没有结果

我们默默相遇
眼里是天空的倒影

你撑着把红纸伞
却让雨打湿了头发
整个世间我只看到一个你
在微雨中伫立成一株无辜的花树

甜蜜的雨呵忧伤的雨
下了整整一个青春呵一个世纪
从你的发际轻飘
伸手捧到的只是空灵的雾气

1990 年 10 月 30 日

孤独的相思

寂寞如密封的信
封封都是无言的心绪
昨日的花香
沾着晨昏读信的泪滴

许多痴情的词句
落在心头
化解不开
一腔相思的血泪

每个字都是跳动的离怨
每个句子在心头都是空有回声

孤独如水无孔不入
我是这样孤单

好像和你执泪无语
好像相隔千里万里
把一个个字
撕裂再拼凑完整
却盼不到你我的相逢

1990 年 11 月

无缘

我把心埋在土里
你在上面种上一株树
浇水施肥却没有开花
而在你离去的身后
阳光撒下千丝万丝的温暖和抚爱
每一片花都探出了头
朝你远去的脚步叹息
你后悔的时候，花开满枝
而闻到芳香的恰恰不是你
无缘的你
不是来得太早就是太迟

1990 年 11 月

我描绘太阳

我描绘太阳
年轻奋发而热血沸腾

欢呼喷薄欲出的太阳
礼赞驱逐黑暗的太阳
在我的窗前，在我的心中
每天都升起一轮巨大的红球
耀眼的火焰热烈地舔着我的心
阿波罗之神从横流的沧海里出现
远古而厚实的力量在我的心底顿生

在阳光下生长
血便是热的
没有了阳光
骨骼冰冷，情感枯萎
生命如荒漠
多少人啊
在冰冷的躯壳中放弃了生命
但我不能死去
当一缕缕阳光照耀我的肌肤
黝黑的肩上镌刻图腾
它在我心底生根
纵使烟云四起、凄风苦雨
心之海呵红日不沉
我的生命因为信仰而不朽
在熔炉中百炼成钢
铸就斩断黑暗的利剑
正直而光明的太阳啊

我深深地膜拜太阳
珍惜每一缕光线、每一丝温暖
我以朝圣的灵魂、以炽热的鲜血
捍卫太阳的尊严
助力照亮世间每个黑暗的角落
造福朝夕共处的生灵

乌云遮不住太阳
有了太阳
世界便少了魑魅魍魉
正义和善良便有了归宿
向往之心便不再寒冷
所有冰冻的理想
必将消融

我描绘太阳
尽管我不是画家
不是诗人艺术家
但我心中有一轮
硕大无朋、光彩照人的太阳
它时时雀跃光明
直至我生命的终结

1990 年秋日

流连在岁月的掌心

致敬渐行渐远的青春　给力永不绝望的生活

白鸽

　　我如一只远途跋涉的白鸽，千里之外寻找归途。

　　我流浪多时，从一个黄昏出发，下一个黄昏不知飘落何方。

　　我的向往只是一个小小的避风港，在我为明天飞翔时，这里有祝福的回声、祈祷的眼光；在我凯旋时，这里响起洗尘的酒杯；在我劳累时，这里有轻柔的抚摸。

　　我不要金冠的屋宇，只要你的胸怀能为我盛开玫瑰，只要你羞涩的歌声能把爱情表达。

　　我将落于你掌心，盛开花的笑意。

　　灰尘沾染我的羽毛，雨水把我的灵魂洗净。

　　我在尘埃中，受伤的翅膀在呼唤着一种圣意。让一切污秽冲洗，还我洁净如初。

　　而你把我抱在怀里，我睁开眼时，口中含着一颗红豆。

　　今生的尘缘，仿佛就为了这颗红豆。

1990 年秋

旅途的花

　　如果在很漫长的旅途中，能找到一朵小花。

　　——那是在她眸中盛开的小花，蛰伏在唇边多年，和我的心一样冰冷而缄默。

　　它亭亭于海面上，远远地看着周围的归航，无悲也无喜。

　　我情愿让它毫无痛苦地死。为的是不会有别的船儿，怀着同样的愿望来回航行。

　　而我的心愿意和它一起死去，在另一个世界里，再续此生的地老天荒。

1990 年秋

夜丁香

在夏日的清晨醒来
唇中印着淡香
你温柔地守候一个吻
为昨夜的甜蜜加冕

你恰如一株丁香
芳香了我的清晨
你的裙裾如雪
你的脸红若霞

不忍离去
那身旁的丽影
梦总是两个人圆的
两个人才圆成一个梦

把你的吻咀嚼
把你的名字咀嚼
在山和水之间
把你的思念咀嚼

1990 年秋

海的相思

我筑了一片大海
除了你不再有人踏进
无数封信和相思漂洋过海
我在文字海洋里为你拾起动人的贝壳
明媚的阳光落在水面
你温柔的面庞倒影水中
你岸上唱歌 水中微笑
在那一方汪洋大海
我如一尾不知疲倦的鱼
长久守望你的影子

1990 年秋

小思

如果风和落叶相会，是风追落叶，还是落叶追风？

他们谁也不清楚，谁也不承认。就这么追追停停。就这么闹着脾气，不小心落叶掉在泥坑里，风呜呜远去。

1990 年秋

别样的葡萄

我在一株葡萄架下停止，
停止时我默默地看着你。
葡萄晶莹如你的明眸，你的爱情从葡萄藤下升起。
我够不着葡萄，就够不着你的爱情么？
即便够不着，远远的凝望足以温暖我的余生。你的一个回眸，叫我
甜在青春的梦里。
在青春的梦里我口中含着的爱情，如含着你晶莹的泪珠。

1990 年秋

美丽花

在你的明眸里，我看见一朵盛开的花。
整整一个青春，落满露珠。
我不忍相碰，怕碰落它的花瓣，怕它凋谢。
我心中放飞了许多期盼，只因着你芳香一唇，便长出飞翔的翅膀。
我在一滩清水看见一朵美丽的花。
它一直开着。我静静凝望。

1990 年冬

印象

群山飞舞
水波流成绸缎
小船把世界划成
一种朦胧的意象
太阳和月亮的脚步
在少女的心中轮转
我守候每一个晨昏
直到与你相逢

1990 年 11 月

避风港

小小的帆船，你去哪里？

烟波浩淼的大海，落日已将西沉。你的帆落下又升起，你踌躇又
踌躇。

前面浓雾紧锁，后面阴雨蒙蒙，小小的船，你去哪里？

我愿成为你永远的避风港，让你疲惫时停靠，远离风浪，只有丽日
蓝天，一碧万顷。

1990 年 12 月

东山

无数的鱼虾海味
连同昔日的寡妇村
终于在遥远的呼唤中
兑换成
盼望的实现

生出许多问号
——当初怎会有那股浪
把男人们都赶出岛屿
如今为什么会有一阵风
把已成台胞的他们
又赶了回来

1990 年 12 月 24 日于东山县招待所

大地的秘密

阳光分筛出一分金子，在大地上来回巡视。

农民们把金子犁进泥土，深深地滴下咸咸的汗水。

金子般的阳光，抚摸着农民的脸，拂过沟壑般的肌肤，拂过漫长的季节，在农民的汗水中一起滚进泥土。

几年后，在一声声吆喝中，一片片绿荫忽地冒出了芽儿。

原来土地的秘密是时光和汗水，一茬茬稻谷成熟了，饱满的粒子是季节的馈赠。

1990 年 12 月 31 日

站在岁月与岁月之间

我被风化成一棵

古树

在你曾经仁足的地方

茕茕孑立

四十不惑

五十知天命

千年百年了

我还如李商隐未燃尽的烛

在涨涨退退的巴山夜雨

伶仃地顾影

初恋的记忆

有位怕羞的女孩
不知是巧合还是有意
常常照影眼中来
又翩若惊鸿消失

那一次蓦然回首
盈盈眼波里蓄着千言万语
拨动了一颗少年的心
那葡萄一般水灵的凝眸
再长的睫毛也挂不住醉人的羞涩

在少年的心中
她皎洁纯白
如静静的明月

1991 年 1 月 5 日

这歌乐山……

二十多所监狱
八百多座牢房
还有无数的堡垒岗楼
当年这是一座人间地狱

透过历史的尘迹
老虎凳依旧

电刑、烙刑依旧
我仿佛看到
被灌下辣椒水的革命者
鼻孔口腔喷出一大滩鲜血
被灼红的刑具炙烤的皮肤
滋滋地冒出缕缕青烟
许多美国文明
当年是血淋淋的屠场

漫步在阴冷的洞房
四周还隐约传来
戴笠的狞笑
传来梅乐斯的狂乐
传来美蒋特务丧心病狂的逼供
传来低沉、永不绝耳的国际歌
传来一阵枪声
"中国共产党万岁"悲壮的呼号

这是叶挺将军囚禁的地方
正义的囚歌彪炳四壁
这是扣押张学良将军的场所
抗日烈火要烧灭魔鬼宫殿
这是杨虎城将军殉难之地
青青的松柏已长成参天大树
这是江姐绣红旗的牢洞
无数的坚贞汇成忠诚的信念
这还是小萝卜头的出生之地
一个牢房属于他的全部生命
一九四九年十一月二十七日
黎明前的重庆天昏地黑
三百多位烈士的鲜血

染红了半壁江山
胜利的号子在阴云中穿行
鲜艳的红旗终于冉冉升起

历史的一页早已沉重翻过
昨天的回声永远是那么清晰
你不见那每天升起的国旗
曾是多少英灵的渴盼
如今这方圆二十多里的地方
这歌乐山
在烈士的鲜血浇灌下
已变成一片风景如画的土地
你是否听见烈士的叮咛
胜利的果实来之不易……

1991 年 3 月

我·土地

你抚养我给我一树绿荫
我回报你给你全部落叶

我们永恒地相望
始终情深似海
握住你厚实的掌心
倾听岁月隐秘的语言

我们将终生依靠
永远都报以信任的目光

你丰厚的馈赠让我告别苦难
再不用舔干瘪的奶头
我的血汗化成点滴珍珠
滋润你沃野千里

我是你含着泪水终于绽放的生命之花
你是我振翅蓝天的力量之泉

我们的生命早已相融
死亡也不能将此割离

你是我的根我是你的魂
千百年神牵梦萦
亿万年死生相随

1991 年 3 月 2 日

问海

小时赤脚蒐集的海螺和贝壳
组合成了眼前的彩色音响
任山高水长
我依然闻到海的气息
仿佛又见
海那边当初一起拉手嬉笑的女孩

浪迹天涯
总幻想贝壳能矗起一栋洁白的房子

在长满藤蔓的窗口
那已然亭亭玉立的久违少女
在默默地做着祈祷
海潮律动着
叮叮当当像是奏乐
一浪一浪
要把我的爱情带到何方

1991 年 3 月 20 日

大美无言

我的眼睛
如此清晰地复写着你
你稚气地笑着
在风雨中摇曳成颤动的丁香

那颗爱情树下
琼花落满双肩
在你明净的目光里
深蓝的海水在涨潮

飘雪无声
目光相碰却有回音
同是无言
为何此时无声胜有声

1991 年 3 月 20 日

伤感之歌

你伤感的歌声
让那夜的世界失去了表情
错落起伏的阡陌
蔓延到空旷的远方

时间是不返的流水
生命一点点地空白
还好有你
在我们彼此成远去的背影之后
仍将往日的故事串成歌谣
在我孤独的余生回旋、温热

1991 年 3 月 25 日

风暴之后

那一场风暴
让我们心中的风景倒塌
即使到了后来
我们再没有去欢呼太阳雨

你在我身后站成雕像
冰冷成七月的雪
我们静止了所有的记忆
冻结的湖搁浅着不系之舟

大自然有丽日也有乌云
人生亦有冷暖晴雨
既然阴雨和阳光可以同生
绝望和希望为何不能握手

1991 年 4 月 2 日

雨中之忆

淡淡的雨雾中
你清晰的眼眸是北方的黑水白山
灼亮了我的心窗
记忆晶莹如无尘的湖

你常走在一个人的微雨中
离去的脚步弥留清香
你爱在雨中转着小伞
我的思绪飘零如伞尖洒落的雨珠

你惆怅了我不再的青春
累世情深 生死枯等
当所有的故事都已说完
我也白了头发

1991 年 4 月 4 日

流浪

那个秋天
你和成群的飞鸟
开始了流浪

我用老吉它送你
你的眼里默含着忧郁
前路归于虚空
心的世界向着迷途的雁阵

把心放逐
与灵魂一起跋涉
重塑一身骨骼
将生命清空
刺探遍野的青山与荒凉
寻找人间的极致

分别了你就永远没回头
我的吉它没留住你
却留住了满树的飞鸟

1991 年 4 月 5 日

致敬渐行渐远的青春　给力永不绝望的生活

孤独

从唐诗宋词中走出
在四季风雨中蔓延
是一树雪后的梨花
是墙角静躺了经年的酒瓶

既然有热闹
也就有沉寂
既然有鸟声
也就有蝉噪

孤独是我生活的城
它是一种超然的存在
将灵魂打磨得愈加纯粹
我是面壁十年的苦行僧
它让我清醒地记着
脚下的位置和土地

热闹唾手可得
孤独是一种修为
没有比孤独更宁静
没有比孤独更充实
天地由一份份孤独的个体组成

1991 年 4 月 6 日

唱给少女的歌（外二首）

你的睫毛长长
蕴藏着一颗纯真的幻想
天空晴朗海水正蓝
你的目光似放飞的风筝

在我们的对视中
你羞涩成一个青春的秘密
原野上响起爱情的歌唱
你小鹿般走进远远的风景线

秀发

像是夏天的瀑布
温柔了眼睛周围的天空
飘忽时是热烈的旌旗
流动时是脱俗的仕女图
在我的青春窗口
挂满了晶莹的眼睛
目光连接目光
乌发缀满无数颗星辰

相逢

还记得在金色的树林
我们点燃起篝火
让青春和爱情热烈燃烧
心灵的天空不属于封闭和孤独

相逢时你是一首歌
分手时你是一个谜
你的微笑是一个梦
你的气息是悠长的回声

1991 年 4 月 8 日

窗外

飘来一抹云彩
悠悠载着往事
世界很热闹
斑斓而迅疾地在我窗口跳跃

窗外是一个城市
之外远山绵延
成群的牛羊在牧童的吆喝中
合唱那一方我魂牵梦萦的故乡

再没有三两声温柔的呼唤
母亲轻轻地叩响我窗棂
再没有一间旱烟缭绕的泥屋
陪伴老父的咳嗽至天明

怀念从千里之外而来
浓烈如深藏的老酒
在乡亲远道带来的口信中
在每一次提笔的霎那
总要站在窗口望远

1991 年 4 月 10 日

雨季

太阳出来时
我们喜欢追赶雨的脚步
少年的心洁白单纯
明净如春雨
后来的雨季
我们沿着记忆中的芳草地
把一粒粒发芽的种籽
装进爱情的信箱

1991 年 4 月 10 日

往事

如果往事可以连缀
它可缀成一串泪珠
灯下展开你的旧信
往事立体在我的泪眼

如尘的往事
烟一般从发黄的字句中冒出
大街小巷淹没了人群
我们的感情已失散多年

1991 年 4 月 12 日

初恋

像所有的朋友一样
我有过初恋
有过洁白柔和的幻想
神圣而美丽的阳光

我至今很怀念那个死于夏天的女孩
她在走出校园时
也就走出了我的心中
告别了单纯的天空

她的眼睛一片混沌
淹没于金钱的漩涡
淹没于出国潮兑换的爱情
淹没于无止境的索取

她消失在我生活的舞台
消失在我的视线永远没回头
我的初恋
像未成熟就被暴风雨击落的青果
永无再生的余地

1991 年 4 月 14 日

爱情是世界的大海

爱情是世界的大海
我们是一叶扁舟
你作楫子我作舵

路不铺在脚下
却写在天空
怀不挂于心中
却记在眼里

海有多大
心的领域便有多大
生命有多长
爱情便有多长

你作楫子我作舵
一路笑意一路情
世界的尽头是海
生命流成爱情海

1991 年 4 月 18 日

深山小径

深山里走出一条小路
弯弯曲曲通往都市
一边是荆榛
一边是开拓

深山里走出一条小路
山重水复一程又一程
一程是鲜花、笑意
一程是藏在母亲眼角深深的叹息

有许多嘱咐
和许多不由自主的眷恋
在晚霞中系上鞋带时
都一齐交付止不住的千行泪

我今生便是一棵树
根在乡村叶在城里
枝干把两者抱紧

1991 年 4 月 18 日

天籁

风不知从何时起
游进耳里
心古老得像失修的钟
晚风中倾听主的祈祷

脚步儿收住
浓雾里有迷蒙的双眼
乌鸦扑楞着飞向远空
心是一座旷庙

黑夜分娩出阳光
灵魂过滤出思想
吹一口雾气
人世间一片混沌

1991 年 4 月 20 日

教堂

仿佛就在上帝的身边
主的祈祷叮当不绝
默诵的经书成海
你超脱成一片真空

凳子是专供上帝坐的
满世界只是一张嘴巴

全屋的香客
被说得灵魂离壳

当当的钟声是丧钟
而不是音乐
人生来就是自己的奴隶
灵魂被钉在十字架上
除了自我松绑
不存在任何救赎

1991 年 4 月 20 日

祖国船

无数的凄风苦雨流成河
祖国呵你在浪尖上飘摇
那偌大的版图
一百年来洒遍了丧权辱国的血泪
从虎门和圆明园的烈焰中
从八国联军的铁蹄下
从日本帝国主义的膏药旗下
从美蒋的白色恐怖里
从黑暗中、从风雷急电中
你穿过重重耻辱和谩骂
偌大的船身
东一块西一块
千疮百孔、支离破碎

中国，你不是随波逐流的船

你有自己的航程和方向
几把滚烫的热血
几声低沉有力的号角
无数前仆后继的身躯
终于在一个世界震惊的日子
斧头和镰刀砸碎的世纪的枷锁
祖国呵
你远离了苦海呵灾难深重的海

无论是炮火纷飞的战场
还是和平幸福的年代
无数次血与火的洗礼
无数次信念和忠贞的汇集
我们把拳头高举在鲜红的党旗下
崭新而古老的中国呵
你是我们的无悔选择
你是我们的生命和守护的太阳

祖国呵
我们是你年轻的水手、忠贞的大副
为了加快你的航程
我们情愿早出晚归
在中国共产党 ----
你伟大舵手的带领下
去迎接新的黎明

1991 年 5 月

七·一之歌

一

一九二一年七月
在上海和嘉兴南湖
几个穿长衫戴眼镜的人
穿过盯梢，迎着凄风苦雨
在几声狗吠、几阵冷枪中
把一个火球般的信念
举向高空

从此
在鬼影瞳瞳的冰冷世界
我们有了一个亲切的名字
——中国共产党
从此
如同在严冬看到了火种
我们在乌云中觅见了阳光

二

这面鲜红的旗帜
集合了数不清的梭标、火把
为了在黑暗中寻找星辰
为了在废墟上重建家园
一代人在曲折的征途上披荆斩棘
用热血写下了生命的壮歌

血雨连着腥风

恶浪接着恶浪
从老苏区到长征路
从雨花台到歌乐山
一尊尊有形的血肉
化成无形的泰山长城
一声声悲壮的呼号
动摇着魔鬼的宫殿
无数的信念和忠贞
无数的前仆后继
终于让血染的红旗
横扫了日美帝国主义的铁蹄
插上了蒋家王朝罪恶的心脏
在那个令世界震惊的日子
一个古老而崭新的国家
屹立在世界民族之林

三

每逢"七一"
老赤卫队员总要取出锈迹斑斑的猎枪
老红军战士总会拿出当年闪闪的红星
他们捧出的是拳拳赤子之心
你我交出的又是什么？

面对着铁锤和镰刀
年轻人呵
你可曾记起昨天沉重的一页
你是否忘记了党旗下的誓言

四

"七一"不是抽象的概念
不是历史博物馆的文物
它是航线，是坐标
是永存我们心海的灯塔

党啊
我们终生选择的信仰
无论是炮火纷飞的战场
还是和平幸福的年代
我们都毫不犹豫地
把拳头高举在鲜红的旗帜下
在你伟大舵手的带领下
奔向灿烂辉煌的明天

1991 年 7 月 1 日

回忆

回忆是一条遗忘不去的船
在最后的辗转中驮我至茫茫航海
光束一缕缕透过黑暗的丛林
第一滴露水滑落
枯涩的心田长出一株株小花
摇曳在船板吱嘎的古音中
像沉重的叹息
又像揩不尽的泪滴

如果
一种甜蜜或者一种苦涩
能相互交流相互抵消的话
幸福也会挽起痛苦的手干杯
让所有不堪回首的往事
消溶在人生的际遇得失中

当现实这扇古老沉重的闸门
阻我们于千里之外时
我才蓦然发现
你的芳香其实已令我难舍
于是只在挥手和忆旧中
付予你纷纷泪

1991 年 8 月 16 日

该相信

会有一缕阳光挤进阴翳的心灵
将今昔的伤口轻轻吻合
会有一阵轻风吹过沉重的步履
告诉你前方的道路就在脚下
会有轻柔的话语在耳际漫舞
卸去你与岁月俱来的负荷
会有眼光把过去与未来串联
会有泪水为坟前的鲜花哭泣

1991 年 8 月 18 日

站在岁月与岁月之间

站在岁月与岁月之间
我被风化成一棵
古树
在你曾经伫足的地方
茕茕孑立
四十不惑
五十知天命
千年百年了
我还如李商隐未燃尽的烛
在涨涨退退的巴山夜雨
伶仃地顾影

站在岁月与岁月之间
我用全部的落叶
飘成一条苍茫的河
如果有一天
你沿着依稀的河身
拾我一片沧桑的新叶旧叶
夹于你生锈的日记
如果有一天
你开始追寻昔日的模糊印象
怀念夕阳
怀念心灵最初的颤栗
如果　你能如同当初的纯洁天真
好奇而大胆地抚摸我
干涸的根须
为不复丰满的青春怅叹
或者　为难舍的往事凭吊

这也是一种回声
我足足盼望了无数个
日月星辰　苦涩了
我三生的泪

站在岁月与岁月之间
有一阵沙沙沙的声音
从我守候的路旁
走来一位头扎小辫的姑娘
她一路吃惊的眼光
茫然寻找不死的树
默默中走得遥远遥远
将人生拉得漫长

1991 年 10 月 18 日凌晨 1 时于床上

咖啡馆

在那个咖啡馆里你和我一样沉默
那时我们年纪轻轻
岁月给了我们矫健的身体、敏捷的思维
和青春的冲动
昔日你纯白如初的模样
在满城飘絮的秋季
落叶将你的侧脸勾勒得美如精灵
就在那个咖啡馆的门前
你像一个绒毛未满的小鹿
倚着羞涩和骄傲
挺起你高耸的胸脯

在我们闪烁的对视中
沉默了所有的言语
眉眼是流动的秋水
可心里流淌的却是
骚动不安之后
沉默的血

1991 年 10 月 18 日晚凌晨于床

容颜

有个陌生的容颜
在我心中珍藏了好久好久
它如不凋谢的长春树
挺拔在我的心房
生命的思念浓郁诱人

有个陌生的容颜
存在于失望希望之间
阳光和黑夜交错
它是不愿潮退的波浪
顶着我的船奋勇向前

这个陌生的容颜
在我心中驻留了很久很久
我的指尖无法触及
她的爱与信仰

1991 年 11 月 2 日

清晨，小镇响起自行车的铃声

清晨
自行车的铃声汇成悦耳的交响
小镇的街道复活成流动的河
阳光下泛着鳞鳞波光
红男绿女
在天空倒映出缤纷的色彩

你好！太阳
早安！太阳
目光和阳光交会
温热的气息流淌
无数的背影
纷纷扬扬地
从早晨开户的大门
从大街小巷锅碗瓢盆的合奏
从鳞次栉比的大厦高楼
从昨晚香甜的梦呓和呵欠声中
从爱人父兄祝福的目光
走向生活崭新的地平线

早安！朋友
问候和祝愿能弥合心灵的隔阂
微笑恰如绽开的鲜花
在这崭新的一天
我们双手紧握胸怀似海
昨天的误会和阴霾烟消云散
每一个跳动而灵性的日子
我们一起把握 一起开拓

每一段温馨而诚挚的友情
我们一起培植 一起珍惜

我们上学去
带着求知的欲望
我们上班去
带着创业的激情
在小鸟婉转的奏乐中
把自行车的铃声拧得脆响
青春如掐得出绿汁的草地
明媚了清晨的露珠

1991 年 12 月 2 日

我是虎

甩掉了虚伪的道德长袍

我是头活力四射的虎

我寻求那属于同族的渴望

我愿为每个美好的追求

真心奋斗　不惜冒险

哪怕粉身碎骨

生命的旅途

叹息阵阵重叠
藤蔓断裂于岁月的风云中
如破碎的希望
一路寡然无味

苍茫天地你去留无意
动人的微笑
悄然从心底浮现
每一场负重的跋涉后
在生命的尽头
夜深人静时
你温的一壶酒
淡淡散开我心中的纠结
也许这就是生存的全部意义

回音总不会是空洞的
我们总在回避
这有意识的举动
却把火花点着了

1992 年 1 月 2 日

关好窗户

关好窗户
别让我的眼睛

牵走你的魂儿
青春的气息
无可阻拦直通你的心扉

关好窗户
别为我的歌唱
惶惑不安
每一阵远去的余音
都化成梦中旖旎的相思

关好窗户
别放飞你的信鸽
落在我的心坎
任你怎么哀求
我都不愿归还

关好窗户
当心我的情诗
叮咚冲击你的耳膜
要知道它的魔力
足以乱你的芳心

为什么要关上窗户呢
外面的阳光多明媚
风筝放飞一个个彩色的向往
天空在晕眩中发出请柬

1992 年 1 月 6 日

恩赐

你要的幸福
谁能赐予你
女子的一生
逃不出命运的掌心

低眉顺目
会使你永远苟伏
盲从和逆来顺受
只会让不幸雪上加霜

你的身板其实并不脆弱
激发出潜藏的力量
像男子汉一样的坚强
挺起胸脯走路
连世界都会分给你一份勇气

上帝希望你成为一株草
随风飘散
落地便是家

你其实该是一株劲竹
为什么不把根牢牢系在最幸福的土壤

1992 年 1 月 7 日

梦中姑娘

心不平静
抬头望窗
满树的星星笑痴人

我将长久失眠
只为那心头的倩影
你是我心中难以忘怀的美丽哀愁

姑娘 我还不知你的芳名
明天一定要大胆开口
只是今晚静静的长夜
是否也有人在偷偷地翻阅你的好

姑娘 对你的爱我无由表达
心底有本厚厚的影集
在见不到你的所有空白里
用想象将它填满

1992 年 1 月 8 日

安排一个场面

其实，那些都是漂亮的借口
为了接近你
我不得不使出浑身解数

其实，我在心底描绘这样的场面
你我相识
在一个风雪之夜
天地间芸芸众生
随着满天飞雪隐去
唯有你我的心跳声

我将是你身旁的一棵大树
遮挡眼前所有的冷风苦雨
不管风雪肆虐还是海浪侵袭
我始终是你忠诚的守护

而你呢
是一株娇羞的草
依偎在我撑起的晴空里
如果能有这么个场合
我将好生珍惜
大胆地剖露心迹
留下为你而写的厚厚的诗集

1992 年 1 月 9 日

揭秘

那一刻才知道
我为你来到世间
阳光和煦芳草密长
我们漫步穿梭在云间

你惊鸿一瞥
美妙地让我醉倒花丛
你的野性合着羞涩
在那一低头的温柔中
点燃了我的生命之火

我把住狂喜的心
不让它跳出心窝
年华老去我也愿意

你用微笑在天地间拉一根线
我随你的芳踪而去
阳光把我们捆在一起
还有我们心底如云烟的秘密

1992 年 1 月 10 日

你的眼睛

你的眼睛像极了
皎洁的明月　静静地
晶莹在我生命的庭院
三百六十五昼夜交替
流动着清澈的衣袂

你的眼睛光华流转
像海上升起的星
天空、大海、贝壳、森林
复写在那明净的海洋
不能复写的是我的心事
心事是一枚藏在胸口的红豆么
你的眼睛笑了笑狡黠极了
背影隐没在漫漫长风
时光是凝固的琥珀
你羞涩的底片
留在我的眼里

1992 年 1 月 10 日

遁逃

你纯净的凝睇
让我收敛起拍扇着欲望的翅膀
驱散一股迷离的暗流
慌不择路地遁逃

那小时窥过的胴体
曾教我渴望多年
那若隐若现的轮廓深埋心底
交错成我青春岁月的细节

乱花迷人中我冲动登船
逡巡在女人河上
只是在你的正视中
我匆匆放下桅杆远去

面对你安详的神态
我悟出了爱情
于是你会明白渴望和你接近的我
总在你的面前遁逃

1992 年 1 月 11 日

热潮

我感觉体内有股热流
来势汹汹，久不潮退
将我藏了一生的秘密给涌向胸口

世界的路小而窄
眼睛和眼睛经常不期而遇
总会羞涩地生出些东西
无意的巧合让心头窃喜
有意的安排让人脸红心跳

背影与背影失之交臂
引诱得白天
如痴似醉的烦恼
夜间听见内心汹涌澎湃
不见刀光剑影
却是梦里浮香

有股热潮在我体内徘徊
向着远方神圣的殿堂
马拉松式地靠近
既甜又苦 既热辣又古典

1992 年 1 月 18 日

林则徐

时光飞逝
那些未经彻底销毁的鸦片
忽地走出了清政府的耻辱画册
连同毒品和海洛因
窜进了国际大循环
在中国的边疆张牙舞爪

烟雾中
我分明看见了你瞪圆的双眼
你的到来是民族振兴的前奏
你在虎门北边
你不能走出画卷

而声音却在高呼

禁烟！禁烟！

林公不需悲伤

你不见那一冲天的火光

鸦片正发出一阵阵哀号

新中国不是清政府

上上下下都有禁烟的好手

销毁的是鸦片

活着的是林则徐

1992 年 1 月 27 日

土地

在外面是墙头草

在这里却站成树

一群接一群远赴他乡

一批接一批回归故里

笑问：回国为何？

怒答：出去干啥！

心格登一下：

你回国真傻

外国的月亮不是更圆吗？

脑海里好一阵波澜：

我的心早已在异域枯死

只有这片土地才能使我再生

尝到泥土的气息
土地显得雍容大度
它相信自有钟情的子民
在这里创业繁衍
为它容光焕发 改天换地

1992 年 2 月 3 日

女孩

喂，女孩
请把你的微笑赠我
一抹低头的温柔
羞答答最可爱

你丢下灿然的笑声
我沿途拾起
串成一挂珍珠项链
在不眠的夜晚发光

女孩，我带你去看故乡的春水和桃花
晚霞染上你的脸
双颊的胭脂
如红烛摇曳在年少的日夜
你是一枚书签
别在了我频频回首的那页

1992 年 2 月 5 日

通行证

你很美，我想走进你的心空，得到你的爱情。
——欢迎，别忘了带上通行证。

世路难行钱作马，爱情路途保稳当，我开车载着金银珠宝来。
——钱为身外物，爱情焉可估！

我的父母就是最好的通行证。他们位高权重，哪个关卡不能通行？
——你不是替你父母求婚吧！

现在的姑娘最想出国，对，我拿着绿卡来找你。
——我的心只属于生我养我的土地，与其在外面作缠树的藤，不如在这里作一棵树。

你究竟要怎样的通行证？要多大，多气派，什么颜色？
——只要你的脑海里写着：智慧，正直，爱国！

1992 年 2 月 18 日

夜读

我在夜读
一段历史如墙壁的钟
滴滴答答
敲出一点点叹息
秦始皇焚毁书简
孟姜女一声长啼

倒了整个长城的辉煌

而有一种城墙
坚如磐石
千年以后破土而出
青铜泛出暗哑幽光
历史变成它身上的纹路
时间见证王者

一二滩血迹和头颅
断尽颓垣，风沙覆盖
有一日长风掠过
吹尽黄沙，犹如面纱揭起
一具木乃伊
在日光下重现
带着故事让后人重新审视

滴答滴答
这段历史
如老钟在心头敲响

                    1992 年 2 月 26 日

根

许多漂洋过海的步履
积着大半辈子的厚尘
在未改的乡音中
以手加额

半个世纪的望穿秋水
化成两行不断的浊泪
凝固了半生沧桑
崭新而古老的心愿
在喉头祷告得滚烫
灼热脚下的故土

一缕香火
牵着一座牢固的桥梁
再远的根
也离不开生育的土地

1992 年 2 月

婚姻

如果爱情和婚姻
是花园走向坟墓
在相互编织的同心结下
我的脚步不会停下

花园是自己营造的
坟墓也是
为什么不把坟墓
改造成花园
用我无尽的爱意
修筑温暖的港湾
让疲惫的灵魂

在此停泊

无论风雨惊扰

沧海沦为桑田

故事的主人都白了头发

家园依旧

爱也依旧

1992 年 3 月 1 日

伴随

不妨来到我身边

说说你的烦恼

把负伤的心带来

这是离青春最近的地方

会有一个忠实的影子

相伴你孤单的羁旅

会有一缕阳光

写上你苍白的脸灰蒙蒙的目光

决不要因为失望就怀疑爱情

决不要因为挫折就停止歌唱

决不要因为重压就把头低下

决不要因为路远就止步不前

请靠近我

不要怀疑我的深情

我愿无怨无悔地化解你的忧愁

我将用厚实的掌心融化生命的冰雪

这是最接近天堂的地方
无尽跋涉的岁月终成过往

泪水挥别站台
往事如列车疾驰而去
生命翻过一页
青春离青春更近

1992 年 3 月 6 日

问号

给你的并不是初吻
却镂刻了爱的符号
泪水浸染过的内容
落在你的双颊生花

礼赞那些贞女
在颂词中
为虔诚纯白的信念激动得全身颤栗
我想我们的爱
无关过往
红烛雀跃的那刻
我们的永远从此开始

1992 年 3 月 10 日

鹊桥

若即若离
你这样遥远
我拒绝不了孤独
思念噬骨
对着虚无的空气
想象你的模样
看着照片发呆
或者
把你的名字写满日记

信笺无处投递
天长路远魂飞苦
辗转难眠
求不得放不下
古今相同的酒
入了愁肠
化作相思泪
牛郎织女银汉迢迢暗度
那鹊桥 砍还是留

1992 年 3 月 16 日

思念

日子长满了青苔
往昔那依依聚散的相思林

黄叶洒满落石阶
断断续续地连带记忆

走过了岁月的流年
漫长的没有你的故事里
我是一条最孤单的孤线

有一天冷冷的回眸
你的影子依旧
只是经过了人世的聚散
相见已无话
徒留荒凉的叹息

1992 年 3 月 18 日

晚风

我的目光
升起在初夏的荷香
一二声蛙鸣
在池塘边重复着寂寞

烟雾迷蒙的小草
往来穿梭的小舟
载不动我的悲思

在花一般流芳的世界
我的月光纵横光电云霄
我在寻觅

寻觅一个会唱歌的女孩

她在爱情河的那岸
正凝眸成一团热火
直到与我的目光相逢
只这一眼便笃定了彼此的一生

1992 年 3 月 20 日

很想

很想牵你纤巧的小手
一起攀登俊秀的山峰
将悬崖那朵火似的映山红
别你黑瀑飘忽的发际

很想追你婆娑的倩影
穿行在阳光斑驳的树林
让鸟儿比翼时的欢唱
录进你小鹿跳动的心房

很想重叠你的每一寸足迹
辽阔的沙滩诗一样迷人
大海、蓝天和贝壳组成的音响
绚烂了你一生的色彩

在你不曾年老的时候
很想收集你的微笑和歌声
在余生重温最好的年华

只不知你如画的青春
我到底能分享几成

1992 年 3 月 20 日

红蜻蜓

红红的蜻蜓
轻轻落在雪花白的发际
打针线儿的母亲
在树下搭起了梦乡

红红的蜻蜓
无处安全地栖息
它寻寻觅觅 飞来飞去
依偎上了远方游子曾经的港湾

红红的蜻蜓
在母亲不再年轻的时候
成了她一生中
唯一好看的发饰

1992 年 3 月 20 日

老农

伸开手掌
一个茧子便是一段斑驳的岁月
纵横暴突的青筋
犹如生命历经交错的坎坷

从远古抽出的手
把蛮荒和贫瘠劈开
用粗糙的掌心
开垦了文明的处女地
抚平人类饥饿的躯体

伸开手掌
成河的汗水流淌着昨天
漫长的历史在厚实的掌纹里纵横
我们脚下广阔的土地
在这手中变得富饶而坚实
古老的民族
生生不息 姓氏绵延
静默苍老地生长
一如遥远的前世

1992 年 3 月 20 日

土地图腾

飞速旋转的都市霓虹和变幻的色彩
总会让我丛生寂寞
灵魂和无聊纠缠
毫无生气地在高楼大厦间漂泊
而稻花香
从千里之外
大片大片地追逐而来
在鼻息里痒痒地跳跃
如此生动真实
泥土、流水、鸡鸣、犬吠
以最亲切最甜蜜的梦呓
在心脏间倔强地生长

于是，我明白了
那光着膀子
把黝黑的背脊裸给青山的男人
那俯向黄土
双乳间滚落谷粒和汗珠的女人
几十年了　为什么
还走不出我的记忆

我，一个从泥土里冒头的孩子
以最平淡无奇的姿势
对着城市　敲响饭碗
吆喝几声　上路吧　上路吧
那就是我哩
那里是我的生命之源

1992 年 7 月 1 日于上杭——武平

献给父辈

所有的期待
都被你一字不漏地
放进碗里
种成喷香的谷粒

在黄土和青天之间
你以长满泥垢的手指
在土地处女的肌体爬行
让山水受孕
长成你的意志

你慷慨而虔诚地把一生
押给了无字的作业
把地种好
把孩子养大
再卑微的躯体
也能在土地上觅到幸福

那看似寻常的果实
那渐渐走出父亲翅翼的孩子
连同那在黄土中弯曲的身子
总能让人咀嚼出酸酸的泪花

1992 年 7 月 2 日于武平

发香

一个人孤独地寻栖在陌生的城市
夜间醒来
有段斑驳的发香
染上月华下皎洁的眉眼
紧紧簪着我的恋情

注定了长长的旅途
一生中
你的泪水和笑靥似铁马冰河
频繁地入我梦来
那心房的跳动
分明作了
三两声寂寥的琴声
从云水间
飘出凄婉的曲子
两只蝴蝶落在了你我分别的桥头

1992 年 7 月 7 日

遗弃

枫叶枯了
树便将之抛弃
他忘了当年的晚秋
醉人的烟霞
都不及她绚烂的容颜
满枝婀娜　百鸟歌唱

花儿萎了
茎叶便把她抖落
他忘了她绽放的季节
风中摇曳　暗香浮动

为什么美丽总是过眼云烟
迟暮之后
愈加荒凉

1992 年 7 月 18 日于永定

愿她一切都洁白

以手加额
把她的爱情如玫瑰般捧在手上
颤抖地撒上圣水

她的面容姣好
樱桃小嘴鲜艳欲滴

灵魂也和洁白的胸脯那样无暇吗

爱一个女人
总自私得希望她少女的一切
都最先从自己这里开始
总希望她是神
别人都不曾凌犯
只有自己
拥她进一张睡床

1992 年 9 月 14 日

天空

无论有风无风的晚上
我都留恋窗口
有如云的柔发飘过
有如淡淡的乳香沁入心脾

那是我的天空
我的目光像一片树叶
希望落在一个温柔的发际间
永远都作
一只蝴蝶

1992 年 9 月 14 日

诱惑

你笑靥中撅起的小红唇

鲜美得令人心悸

我手足无措地逃遁

而你的眼光如网如织

野玫瑰的芳芬

诱惑起我热烈的贪婪

我像一只甲壳虫

在艰难的爬行中

得到你美丽的鼓励

终于抵达你温馨的胸前憩息

世界开始动摇

我们开始失明

甚至死亡

广袤的天地荒原呀

只剩红的唇　雪白的裸体

和高耸的墓地

1992 年 9 月 14 日

处女

一个女性最大的骄傲

是进入洞房

当那雄霸的一方

心满意足　粗声呼吸着

睡去

紧张 忐忑和担心
在别人的笑靥里交替
两行清泪
她终于免除了
许多女性可能遭受的
拳脚相交 带刺的轻蔑
她神赐的一切
包括身体 灵魂的贞洁
从男人挑剔的眼里
取得了合格的验证

她为自己感动得流泪
神亦流泪 宣言说
可怜的女人呵
恪守你的贞洁到这晚吧
你让男人凋落了幻想
他婚前献上的堂皇诺言
都不过是转眼即逝的
画中晚餐

1992 年 9 月 14 日

电流

犹如炽热的电流猛然一击
我坚固的身子浑身战栗
纷纷扬扬 熔化成
一朵盛开在你胸前的花
轻轻地亲吻

你有异香的乳

你的秀发如云
遮盖了我发烫的身体
我的心跳如音乐的鼓
慢三慢四地陶醉

我们带血的肉体
融化成磐石般坚固的誓言
不管惊雷炸响
不管春雨飘泼
我们都作为一个永恒的整体

1992 年 9 月 14 日

美丽的四季

我匍匐朝拜在你
风景秀丽的处女地
晚秋时分
果实氤氲着芬芳
一切生灵变得丰富而饱满
世界不再是一座荒山
肉体再没有死亡的腐朽的气息
叶子和果实
在我们种植的地方
挽留下美丽的四季

1992 年 9 月 14 日

我这里危机四伏

你无所顾忌地接近我
总认为眼前的人单纯可靠
可你少女的清香
早让我失魂落魄
欲望在道德边缘摇曳
灵魂一千次的煎熬
难敌肉体的一次渴求

危险，危险
我这里危机四伏
理智和道德
在现实面前不堪一击
你透明的吹弹即破的肌肤
不胜我的承受之力
让虚伪的约束见鬼去吧
不上天堂，就下地狱

你走吧，快点走吧
我向你匍匐投降
只愿远远嗅着你的芬芳
不让欲望淹没我尚未成熟的心智
我的心湖不似表面的纯净
涌动着千姿百态的痛苦

1992 年 9 月 14 日

酒香和奶香

你以你丰满的胸脯
攒足了我对你一世的渴望
我迷途之后
收敛起前进的翅膀
停靠在这片温柔的高地
像浮在醇郁的酒香里
仿佛风雨后宁静的天堂
有更醉人的奶香
飘荡在世界的上空
当我们的爱情融为一体时

1992 年 9 月 14 日

爱是璞玉

别让人间的脂粉沾上你的脸颊
那只会让你天然纯美的模样
在我的心中
遥远 模糊

你不必恐惧
有一天红颜褪尽
再老的枫树呵
都有她的动人之处
让我温柔地抚摸你每一条
与我共度的皱纹

即便韶华过尽
依然会有温暖的约会
我会从爱的原路跑来
一路拾起我们的故事
分秒不差地到点

你是我的水
我是你的山
自然地相守　真实地相依
爱情永是沧海桑田后
山水间孕育的那块璞玉

1992 年 9 月 14 日

我是虎

我是虎
生机蓬勃　勇猛骠悍
凝视你美丽的形体
热血奔涌

我的每一声呼吸
都激情澎湃
我的每根毛发
都钢丝一样挺拔
女人啊，只有你柔情的梳理
才能使我静如处子
感受生命的壮丽　肌体的惬意

才使我的野性和躁动
在安静中无限留恋地睡去

爱让生死却步
再大的阻力和威胁
都锁不住我的箭步
我无所畏惧地咆哮
跃过每一个陷阱每一处沟壑

我是虎
甩掉了虚伪的道德长袍
我是头活力四射的虎
我寻求那属于同族的渴望
我愿为每个美好的追求
真心奋斗　不惜冒险
哪怕粉身碎骨

1992 年 9 月 14 日

怀念

点一支蜡烛
把你的肖像
放唇之上亲密
烛光将你的面容晕开
如斯宁静
房里弥漫着暗哑的色调
急促的呼吸
在我心间如长风回旋

怀念从我的眸光里走出
相思从我的眼角流出
就这样将你抵入胸口
再长的夜晚也色彩缤纷
把你的回忆披在身上
在寒夜里独自感受温暖

1992 年 9 月 14 日

河边的石阶

青苔长出　杂草摇曳
腐败的气息在空气里
漂游
你像往常一样
独坐望长空

生锈的小船早已抛锚
小花开在你龟裂的心
心酸的泪浇灌
透明地飘零在水上
这小小的港湾

你的追忆
像黑色的翅膀
晾在没有阳光盛开的血泊里
像苔藓长满石阶
被水洗过

被海风撕过

被爱情生生死死地折磨过

1992 年 9 月 14 日

分别时的女人

没有一个女人

比分别时更动人

她洁白的裙裾

带飞一径的落叶

凄艳的回眸

古典的清愁在眼中化开

我想弹一支乐曲

飘散归去的路途

你无辜的眼眸

成了我心底深处的

一寸明月光

1992 年 9 月 14 日

晚风

这绮丽的晚风

扬你的秀发在我眉尖之上

小船泊停江边

有水在深吻他风尘中的疲惫

享有港湾的滋味呢
那定是血脉里哗哗涌过的温柔和惬意

黑夜中他的眼
在凝眸伊人的羞涩
长风呢喃
嗅着她的影子
她所在的江边
在彼此的心跳之处

1992 年 10 月 8 日

眷恋与孤独

对于自己眷恋的对象
总有孤独感
从她的眼神里　一笑一颦中
传递过来

我也许还那么怕羞
甚至不敢多看一眼
我也许会变得笨拙口讷
甚至像木头

其实她在我心中伫留了很久
和我的灵魂、思想一道漫游
其实我的渴望、饥饿在挣扎
只是找不到表达方式

1992 年 10 月 28 日

生死

我不在乎生命的终结
但在意你的爱

当你的热吻印在我冰冷的额头
泪水滴在我心痛的位置
上帝会默契地弄醒我
死亡契约瞬间化解

我的心于是重新跳动
实在不明白
为什么你的爱
竟能使生死界泾渭分明

1992 年 10 月 28 日

果

夏天已经很丰满了
彩色的诱惑
让人美丽地心悸

可我还等着秋天
夏天的果打在头上
肯定是酸的

秋天到了

我的树上瓜果全无
最后一颗不知何时落地

1992 年 10 月 28 日

那时的世界

那时
每次约会总像小偷
避开所有熟悉的眼睛
或者
假装互不相识
若无其事地远距离跟随

（我们曾经一起傻笑
年少的甜蜜
真像一块糖）

那时你的拢发和低首
都带着一丝丝惊慌
羞涩是写在脸上最美的雀斑
那时挂在你睫毛下的
是树上的露珠
还是晶莹的泪滴

那时我们渐趋靠紧的心
随着海潮涨落
总响着音乐的鼓
慢三慢四　快三快四

一阵阵拨动年少的心
那时我们的牵手 拥抱 亲吻
感觉酥麻又痒痛
一抓
就是一串春天的笑声

那时你会为每次小别交出泪水
一日不见
就魂不守舍
那时我会淋着雨
一直送你进宿舍
守望你的灯光 直至暗灭
黑暗会带来早晨的希望
回来的路上
我总傻傻地想 甜甜地等

那时世界一半是你 一半是我
我们的心是温暖的小屋
铁将军把门 旗帜鲜明地
警惕走过的每一位异性

（那时的故事
似乎丰满悠长
现在瘦吗）

1992 年 10 月 28 日于一人空想斋

从你身上感受阳光

阳光是甜的

阳光是首诗

阳光是人与人的心域间飞出的

最动听的音乐

爱之火

那一定是火了
从你遥远的眼中升腾
摇在深山是树灼人的红枫
每片叶子都是我失眠的眼睛

那一定是火了
自我孤寂的泪里漫延
执著地汹涌成河
月下的涛声是我，也是你
永恒的气息

那一定是火了
那是冷空中喷薄的阳光
那是迷茫的雨季里
飘扬在生命春秋的鲜艳之旗

如火的热烈
辗转的思念
我们的爱终将成诗

1993 年 2 月 13 日于上杭才溪

初恋的滋味

如果有一首歌
从没被人点唱
却总能在我心头飘起
我将幸福地落泪

那是记录初恋点点滴滴的旋律
捕捉了年少的你我最动人的悸动
那时我们是对小鸟
以眼神、羽毛的轻触
传递心中神圣的韵律

生而为人
终究会老去　如我如你
初恋却永远年轻
它就在那里　对抗了时间
永是那个新鲜的心跳

在我年老的时候
如果有人问起这首歌
我会在一个雨夜
剪着西窗的烛火
缓缓描绘你年轻的容颜

1993 年 7 月 1 日于郑州

心域旅程

通邮之后
美丽的象形文字
长出咬人的牙齿
印痕上植着相思豆

就这样一颗颗地
从黄河边种到长江头
再荒凉的世界都会有种绿
倔强地萌芽

长亭古道
擦去千年尘埃
以不变的步伐
珍爱地走过昨天的跋涉
于回眸中
露出斑驳的面目
季节河解冻了
有一对白鸽
扑棱飞入云烟深处

1993 年 12 月 28 日于唐山

生长阳光

最美丽最温柔的阳光
都不是来自天上
它发自人的心灵

虽然
在有些人的脚下
阳光被隐匿，甚至
被践踏，成了碎片儿
那霜打的脸
总是寒意碜人
但更多可亲的笑容
每次会面，总
使人感到有缕阳光
穿过春秋冬夏、云雾雷电
明媚了白天黑夜

每个人都可能成为别人的太阳
每个人都贮存有阳光
每个人都能生长阳光
唯有善良、正直、圣洁的心灵之河
才能让阳光浮出水面
成为最是好看的风景

生长阳光
并不需要汗水和艰辛
也不需要太多的付出
也许
你的一个会心的微笑

一句简单的问候，或者
一次真诚的祝愿
都能拨开别人心头的阴云
使他在绝望的黑谷
觅到阳光，看到希望

从你身上感受阳光
阳光是甜的
阳光是首诗
阳光是人与人的心域间飞出的
最动听的音乐

1993 年 12 月

谦卑地追随

我斑驳的心

漫过前世今生

你盈盈的眼波

已胜万语千言

哪怕只是轻巧的一吻

圆明园

再没有哪种课本
把地理读成了历史

于是 人们会明白
拥挤的北京城
为什么还保留了
这大片叫废墟的地方
没有重建
不做修缮

把昔日的耻辱
坦然并致于辉煌的时代
不也陈列了
一个民族的灵魂

1994 年 8 月

大阪别月

万千灯火
次第间炽情地赛抛媚眼
在夜中舒展薄如蝉翼的翅
颤抖着此消彼长
温润的风
如柔荑般的指尖
揭开笼着明月的薄雾

旅人就在桥边伫足
身着和服的女子款款而来
丝绸在脖颈后勾出一道优雅的弧线
眼波渐渐沉醉
流淌于泛着月光的河中
飞机突然从摩天大厦的玻璃窗外
恍如流星划过
蓦地催发有些生分的诗情
不似昙花绽放
恰如眼前沁鼻的酒香
曲子和华美的舞姿依旧
却在她的周围
越发积聚了忧郁
此后她如月光常在我的窗前
我捕捉不透她的主题
"沙扬娜拉"在无声地抵近

2006 年 10 月 9 日晚 8：40 于新大阪酒店 23 楼

美丽时光

并非风和雨的接应
也不是足音的起伏
那一刻
隐忍的情思从胸中苏醒
血液中涛声回响
盖唇印邮寄

漠然的风

斩不断温婉晶莹的雨
柔韧像线条
拉我于黑色之外
精神的天空浩荡着透进一束亮
无边无际地沸腾

你心底发出微妙的香
连着神秘缥缈的气息
随风润泽
醉我半生
缘由溢出樊篱
剥落大块小块的尘封
让今晚的情感段落生出嫩芽
根须在我心底蔓延
哪怕只是轻巧的一吻
已胜万语千言
你盈盈的眼波
漫过前世今生
我斑驳的心
谦卑地追随

2011 年 4 月

上将军赋

　　将星亚楼，一代军魂。天降大任，立马昆仑。揭竿革命，高义薄云；铁血报国，智勇治军；惜中天而陨，举国恸挽，憾何如哉！

　　将军出生柴门，脉衍闽西客家。幼失怙褓褓，无解伦常；饔飧不继，艰辛备尝。幸得村夫野老，视若亲嗣，鸠资供学，冀其大成。将军少小开蒙，笃学敏思，上下求索，矢志自强。更睿者为长，时事为师，缘结进步书刊，友交士农工商。农会为营，民瘼系心，秘举暴动，投身革命。及至从军，驰骋闽赣，横扫六合，军中夺大纛，阵前捉敌首，有如雏鹰试翼，乳虎首猎。将军锋芒，朱毛慧眼，三载擢师部，五度反"围剿"，血火淬砺，百炼成钢，将星冉冉升焉！

　　时或"左"倾乱阵，苏区受困，将军受命先锋，领兵北上长征。首战信丰，次战湘江，继而突乌江、破遵义、渡赤水、奔金沙，用计大渡河，首踏大雪山，开道荒草地，强攻直罗镇，血中趟路，九死一生。诚壮举空前，亦当绝后焉！

　　将军英武，经纶在腹。主席视若佐才，曾问计窑洞，托付抗大，复授意负笈，异域求知，寒暑八度，胸罗万兵。间有临阵苏德、参谋远东消息者，盖将军传奇也。待至东返，狼烟弥望，决战在即，将军临危挂印，领衔东总，翊赞林罗，迭出高招。旋三下江南，四保临江，逐鹿白山黑水，亮剑锦州津门，御敌八千里，功彪两战役。高参深谋，主帅谈笑，大风歌中，提前收拾旧山河，迎驾中央，初定乾坤。

　　立国前夕，感空防至要，将军复受命草创空军。宵衣旰食，八方索骥，叩天方略，绝妙版权。遂一年起色，三年有成，五载跻身世界空强。适援朝抗美，银刀初试，则以一域多层，震破敌胆。国土防空，霹雳惊天，殊功当推五四三部。至若航天科技，总理倚重，坐地巡天，捷报频传。更兼外交斡旋，遨游风浪，折冲樽俎，不辱使命。将军之韬略也，可提兵野战，可中军布阵，能攻善防，陆空相长，堪称军政双全。

　　古之战将，能立功同时立德者，始谓翘楚也。将军清风两袖，耿介刚直，宁作犯忌进言，不为落井下石；至若老父打铁，兄弟垄作，阿姊蓬荜，盖不徇私也。将军性情，水火分明：若火者如杀敌，如治军，如备战；若水时如抚幼，如恤残，如爱人。邪佞昏聩之辈，将军疾之恶之；英模士卒人等，将军则置影案头，愿与对酌，乐为月老，寒暑易节，呵护有加。其落落德行，三军景仰；灼灼风采，万国服膺。总司令誉之军人标杆，中国空军之威仪也。

　　将军文武兼得，张弛有度。或炼剑译界，或信步舞林，左右逢源也。所打磨之演艺精品，八方激赏，一路扬名。尝自得领有两军：一驰骋沙场，一潇洒剧场，此生堪慰矣。惜天妒英才，将军秩仅五五。想将军戎马倥偬，国祚为心，负疾赴战，相搏以命，至强虏烟灭，玉宇澄清，正值盛年，竟匆匆鹤归，令国失干城，军折梁柱，高堂悲秋，妻儿孤影，此痛曷极？！

　　俱往矣！天下英雄，生前难分伯仲，岁月淘金，尔曹遑论身名。倘假以天年，将军于今几届百岁。情重天地，义存人间，文韬武略，江山依依，人生至此，夫复何求？幸故国柳暗花明，蓬勃生机，亲创之空军，蔚为高翥雄鹰；神往之社会，已然和谐小康。泱泱华夏，中兴在望，将军有知，心可安矣！

2007 年夏

父亲的墓志铭

　　先父名讳维良，民国二十年六月十六日来世，公元二零一零年十一月十三日往生，阳界八秩之享。

　　先父少时好文，喜习之。因家道中落、时代变迁而止学务农，然耕读之风未稍改。胼手胝足间，通笔墨，习医术，才德共举。尝数十年为村民撰题春联，兼及红白喜事，一时村中无二。

　　先人身形羸弱，却富傲骨侠义，精神嘉于乡邻。尝于绿林觅知己，于江湖书传奇，于当众斥奸邪，于纠纷平风波，虽遭误会而不消沉，历挫折而不气馁；亦曾于莽莽山间割松香，于虫豸出没处狩猎，于风雨里烧石灰，于雷电下躬耕，负重荷而疾步，频困顿而撑家。以"莫须有"

获罪而不易秉性，及至大队宣传员、生产队出纳之任，清风两袖，心正身正，高情远致，行善积德，福泽乡邻。期颐国泰之时，时届享福之年，遽然驾鹤西游，岂不痛哉。不孝后辈难除天昏地暗，如是一晃三载，后人情亦何堪！

呜呼，先人在天，子嗣伏启：

承沐天恩，钟氏一脉瓜瓞绵绵，衔草根筑佳域于天南地北今定繁后嗣；慎终追远，殷殷父情千秋难忘，树道德继声响于子孙后代今必昌家国。

2012 年秋

闽江赋

噫吁嚱，秀歆美哉！镶亚洲东岸，入太平西湾。怀十万横岭，掠九州云天。携琉璃以逶迤，纳百川而奔海。邻台岛以带水，哺兆民于闽越。衍江南之灵秀，披两岸而潮涌，以闽人母亲河唤之，诚实至名归矣！

夫闽江，天地造化，日月精华，滥觞闽赣之交，辗转东南之畔。严峰山之南麓，台田溪乃正源。当其发轫之初，若龙湫之微沫，然起讫千余里，奔腾亿万年，流域盖乎八闽，水量媲美黄河，微而不微也！

闽水东突，范海掀天，烟波浩淼，足畅胸襟。岸壁起伏，礁岛隐现。筏帆竞发，桨声斑驳。风光旖旎，美景环列。龙栖山、萝卜岩、天宝岩，山岩叠玉嶂；大金湖、玉华洞、桃源洞，湖洞锁春秋。昂首武夷山，奇秀甲东南，雄峰悬日月，九曲绕峨黛。水育彭祖之高寿，江成朱子之奥学，宋慈法鉴成鼻祖，柳永歌赋遍井田。毓秀钟灵，人杰地富，繁自闽江也！

及至南平，揽剑津之胜者，于水则双溪，一江寻其会；于山则九峰，芒荡举其近；于寺则明翠，溪源喜其盛，以为极之则已焉耳。闽江正名，洵始此也。由是江面渐开，舟楫自任，立水口水电，华东首屈，造福百姓，善莫大焉！

当洎福州，踞闽江之下游，八闽之雄都、历史文化名城也。崇楼阗联，众业繁旺。河道交错，风物道丽。三山两塔，旗鼓鼎峙镇风雨，琅岐形胜，罗星高擎听潮声。遗产富兼精神物质，游观胜拥宝刹林泉。有巨榕环抱，寿石通灵，温泉氤氲，茉莉飘香。闽都二千二百载，开拓襟抱但弄潮；至少穆林公、又陵严复，连系船政看世界；海军摇篮、辛亥义举，镇邦复兴担大道。更兼三坊七巷，冰心桔灯，景润猜想，院士辈出，才俊云蒸耀寰宇。福天福地，闽人堪写中国史，诚非虚言也！

喜观闽江今朝，海峡西岸，万里潮涌，明珠流转，夺泱泱碧水之色，春风满怀何皇皇。呜呼闽江，滔滔日度，英气有容，峥嵘远景，岂非翘楚乎？大哉，闽江！

2013 年 3 月 18 日

贺董希源兄五十寿诞

东海升雄岳，
云烟锁霁阳。
松涛深涧舞，
花繁巘岩香。
意韵接八极，
浓墨染四方。
何当寻神笔，
弄斧到董郎。

2014 年 2 月

爱·梦幻·生命

——读赵云诗集《流连在岁月的掌心》

王 珂

1996 年 5 月，我到福建师范大学任教后写的第一篇文章是评赵云（钟兆云）的长篇报告文学《百战将星刘亚楼》（和王光明教授合作）。《百战将星刘亚楼》是其代表作之一，在文坛产生了巨大影响。当时绝没有想到 17 年后的今天，我为他的诗集《流连在岁月的掌心》所作评论，是我在福州工作期间写的最后一篇文章。此后，我就要到东南大学任教。

这奇妙的轮回大概就是缘分了！这不只是两位年过不惑男人的缘分，而是诗歌缘分。我也是 15 岁开始疯狂写诗，到 24 岁基本停止写作，幸好有诗歌，让最美丽的年华流淌其中。大学本科四年(1983－1987 在西南师大)更是痴迷，完成了《追求集》、《困惑集》、《浪荡集》、《幻灭之春》和《希望之春》五部诗集共 600 多首诗，完整地记录了一个男孩在追求中困惑、困惑后浪荡、浪荡后幻灭、幻灭后新生的"成长"过程。对异性的爱慕（还不能完全称为"爱情"）是此期最重要的抒写内容，完整记录了爱的萌发、爱的朦胧、爱的欣喜、爱的迷狂、爱的绝望等历程。硕士期间（1987－1990 在西南师大)完成了《幽灵启示录》200 多首。几乎每天都有写诗的冲动，有时一天写三首。把我的经历写在这里，是想证明赵云诗歌写作及他的诗集《流连在岁月的掌心》在今天出版的"合法性"。上世纪 80 年代中后期和 90 年代初期校园诗歌繁荣，有我俩这样经历的校园诗人成千上万。

2013年5月23日，我在博客上放上了《初恋时光——王珂十八岁写作诗73首（1984.4-1985.4）》，5月25日，赵云在博客上留言："哈，我们的青春颇有相似处！"我们都用诗完整地记录过青春。杜诗说"青春作伴好还乡"，我俩的经历证明："青春有诗好成长"。这可能是诗歌，特别是诗歌写作对年轻人最重要的意义。所以我每次诗歌讲座后都对青年朋友，特别是大中学生说同样的告别语："忘记王珂，记住诗歌！"

专业研究诗歌30年，读诗集无数，却很少像这样发出四声感叹：

"让诗为青春作证！"

这是我发出的第一声感叹。

也是我毫不犹豫采用《爱·梦幻·生命》作为评论这本诗集的文章题目的原因。此标题不是我的独创，而是来自赵云青春时代，准确点说是"青葱时代"的一本手写诗集的名称。他曾说："每位诗歌发烧友都有自己的诗集，公开印制的，手抄或只在心中完成的。"采用这个题目，更是因为"爱"、"梦幻"与"生命"是《流连在岁月的掌心》的三大主题，是年轻的赵云在青春岁月如迷地写诗的三大动力。如16岁时他就"少年老成"地思考生命，写了《悲剧》："悲剧是个灰黑色的圈子／有一天你走不出这个圆圈／悲剧便诞生了。"

读赵云诗作，我不由自主地想起孩提时山野里长的野葱，与"家葱"相比，它更细弱，香味也没那么浓郁，但却有一种特殊的香气，最重要的是，它是一种野菜，最贴近人间烟火。这本诗集可能没有专业诗人的诗集那么"专业"，却有专业诗人诗集少有的"生活的味道"和"青春的味道"，特别是"青葱的味道"，它可能成为青年朋友们的"最爱"。

"真实是诗人唯一的自救之道！"

这是我发出的第二声感叹。

这本诗集太真实了！与其说是"诗"，不如说是"日记"——以诗写的日记。正如他在诗集的题记中说"我的诗就是我的声音。我的声音起自青萍，远上白云；来自小溪，奔向长空。希望我的声音能悦人耳目，予人欢乐，给人真善美。渴求成功，但不惧怕失败。在坎坷不平的道路上，我愿踏着失败的阶石寻找成功。对于写诗，我永远是个孩子，永远没有权利宣称自己是个诗人。但我将挽着诗走过绝不寡欢的生命历程。"

"我的诗就是我的声音。"这是人到中年后的赵云对20多年前的诗歌写作的准确总结，这个总结显示出他作为成熟男人，还可以说是成功男人的自信。如诗集所呈现的，赵云25岁以后就很少写诗，现在也不是以诗人身份"立世"，是著名的传记作家、小说家。他15岁到24岁的"十年诗人"生活及诗歌写作，可以用"青春期写作"来命名，这一时期他主要生活在校园，所以也可以称他为"校园诗人"。大诗人卞之琳曾这样描述其"校园诗歌写作"："大处茫然，小处敏感。"很多人，特别是专业的诗歌理论家批判这种观点，认为校园诗人的写作太个人化甚至私人化，要求校园诗人写出自我，更要走向社会。我却一直为这种写作辩护，认为校园诗人重视"小我写作"，也重视"大我写作"，抒写甚至宣泄青春情感时也在关注社会和现实。《流连在岁月的掌心》可以证明这一点。如他15岁时写了《乡村之歌》，16岁写了《历史》、17岁写了《江南早春》、18岁写了《我是犁尖》、19岁写了《从灵魂的深处看》、20岁写了《给祖国》、21岁写了《我描绘太阳》、22岁写了《这歌乐山……》、23岁写了《土地图腾》。1984年到1993年正是中国政治大改革时期，校园诗人根本不可能"大处不敏感"。但不可否认，校园生活不同于现实生活，爱情与梦幻，甚至失意与迷惘常常不由自主地涌到校园诗人的笔下。很多诗人也支持这种写作。如1986年10月，在重庆举办的"新时期诗歌研讨会"上，当时有"轻派"诗歌代表诗人之美名的刘湛秋就给我留言"诗不仅要歌唱快乐时光，也要记录忧郁时光。"

赵云的诗集让我想到浪漫主义大诗人华兹华斯，他在1798年为凡人诗歌辩护"诗是强烈情感的自然流露。它起源于在平静回忆起来的情感。"[①]

他这样描述诗人"诗人是以一个人的身份向人们讲话。他是一个人，比一般人具有更敏锐的感受性，具有更多的热忱和温情，他更了解人的本性，而且有着更开阔的灵魂；他喜欢自己的热情和意志，内在的活力使他比别人快乐得多；他高兴观察宇宙现象中的相似的热情和意志，并且习惯于在没有找到它们的地方自己去创造。除了这些特点以外，他还有一种气质，比别人更容易被不在眼前的事物所感动，仿佛这些事物都在他的面前似的；他有一种能力，能从自己心中唤起热情，这种热情与现实事件所激起的很不一样，但是（特别是在令人高兴和愉快的一般同情心范围内），比起别人只由于心灵活动而感到的热情，则更像现实事件所激起的热情。他由于经常这样实践，就获得一种能力，能更敏捷地表达自己的思想和感情，特别是那样的一些思想和感情，它们的发生并非由于直接的外在刺激，而是出于他的选择，或者是他的心灵的构造。"②年轻的赵云正是这样的诗人，他比一般人具有更敏锐的感受性和具有更多的热忱和温情，他有一种能更敏捷地表达自己思想和感情的能力。这本诗集中的很多诗，正是"强烈情感的自然流露"而又不乏艺术品位的优秀之作。

"这是一本很奇特的诗集！"

这是我发出的第三声感叹！

可以用"诗的青春编年史"来描述它。中国诗坛过于强调"天才"，特别是诗人成名后，总是想掩饰自己当年辛苦从文和创业的经历，生怕别人知道当年自己练过功，吃过苦，甚至走过弯路。这本诗集完整地记录了赵云的诗路历程和心路历程，记录了一个少年如何在诗的陪伴下成长为青年。不仅可以成为那一时代"文艺青年"的成长"档案"，从中读出一位男孩的"成长故事"，还可以透过它，窥见1984年到1992年的中国人，特别是大中学生的教育状况、情感状况和思想状况，知道那一段历史的诗歌生态，甚至文化生态和政治生态。

上世纪80年代是中国改革开放，特别是思想解放最成功的特殊时期，也是中国政治文化大转型时期。但是文学作品，特别是诗歌作品通常喜欢宏大叙事和集体抒情，百姓的生活，特别是普通人的真实生活往往被无情遮蔽，历史一不小心就成了"当代史"。近年我做新诗文体学研究，总结出系统的研究方法：生态决定功能，功能决定文体，文体决定价值。将主要精力放在诗歌生态研究上，但是发现研究难度太大，原因是很难获得抒写普通人的真实生活的诗歌文本。一些诗人，特别是名诗人的诗集往往都是选本，一般都没有标明写作年代，很难通过他们的诗集对其创作历程进行全面描述，更难通过他们的诗集还原当时诗歌的原始生态。而赵云的这本诗集采用"编年史"的方式编辑出版，对诗歌研究者和历史研究者，都具有特殊意义。

因为现在基本上没有了"校园诗人"，当下读者，特别是已经被各种"考证"压迫得没有一点诗意生活空间的当代大中学生，可能很难理解这本诗集的"历史价值"。著名诗歌理论家、北大教授谢冕当年的几段话有助于理解"校园诗人"赵云的"日记体青春期写作"。谢冕1987年2月21日给校园诗下了一个定义："校园诗一般指作者为大专院校学生时创作的诗，此类诗，有的称学院诗。有的称大学生诗。名目殊异，所指则一。校园诗不具单一流派的性质，因为它没有固定的和大体一致的艺术主张，而且它的创作群体始终呈现一种松散的、不稳定的，而且绝对是流动的状态。正如我曾在另一处谈到的，校园诗的作者一旦跨出校门，或者虽未跨出校门，但不再是学生时，即使他们的诗写得再多再好，也不复是校园诗了。校园诗的性质，仅仅决定于作者写诗时的身份，而不决定于其它因素。因此，若把大学生的诗视为一个统一的艺术流派，则各行各业各色人等写的诗均成了流派，其谬甚明。"③他还指出"近年来许多大学生诗推进了中国诗人未曾健全发展的另一种素质，即人对于自身生命状态的审视与思考，以及一个人无比浩瀚博大的感觉世界的把握与展示。"④这也说明校园诗人有时也是诗坛的"诗意的先锋"，当时校园诗人的写作是有艺术质量的。

附录

1991 年针对社会人士对校园诗歌的 "青春期写作" 和 "个人化写作" 的极端否定，我尖锐地为之辩护 "'因为我们并不深厚的生活积淀'（西北师大校园诗人汪沛语），想叫大多数校园诗人都写具有'宇宙意识'的宏篇巨作是可笑的……做真实的人，写真诚的诗，乃为诗人的人生最高境界，诗的抒情主题并无高低贵贱之分……校园诗人更多是一只小处敏感的夜莺。"⑤ 我还认为 "校园诗人很难超越轻飘飘的校园生活。从自恋情结中走出去寻求人与自然的感应、个体和群体的契合是校园诗人走向成熟的必经之路。"⑥ 这本诗集中的诗显示出赵云很早就从自恋情结中走了出去，寻求人与自然的感应、个体和群体的契合，成为一个较优秀的校园诗人。

当时校园诗人写诗的极多，但是能够发表的很少，尤其是能够得到名刊编辑欣赏和指导的学生更少。赵云不仅在《广州文艺》等刊物发表了诗，还受到了编辑的特别关爱。20 年后他感慨地说："1985 年，在胡乱投稿中，结识《广州文艺》（时有文学期刊四小花旦之誉）编辑杨永权老师。至 1990 年间，他与我通信二三十个来回，论文谈诗，让我受惠颇多。杨永权先生是一直温暖着我文学和人生的良师益友。""杨永权老师点评我诗作的通信，对一位文学青年的培养之情，跃然纸上。他的信件我珍藏至今，时时翻阅，感受到天地间的一份真情和大爱。"这不仅是因为编辑尽职尽责，还因为当时赵云的优秀。赵云在出版诗集时把这段历史展示出来，为学者研究当年的新诗生态提供了第一手资料，也显示赵云高尚的人品和情谊，这是当下很多人都无法做到的。

赵云的这段经历让我想到了当下著名诗人伊沙的相同经历。他也这样感谢过《飞天》的《大学生诗苑》编辑张书坤。他说 "在八十年代各大学诗爱者的心目中，《飞天》是最具权威性而又有亲切感的刊物，因为它的《大学生诗苑》，因为张老师。全国各地高校中的诗歌创作的佼佼者纷纷在此亮相并相认相识，形成一支庞大而富有生机的诗坛后备军。继'朦胧诗'之后成为诗坛中坚力量的那批诗人，几乎都是当年在《大学生诗苑》上崭露头角的。"⑦ "我第一次在《诗苑》上发表的是张老师删改后的一首4行的小诗,那是我大学时代所发表的第一首诗,给了我莫大的信心和鼓舞!张老师的改动使我感到满意。我在对'朦胧诗'的模仿中徘徊了两三年之后,在1988年渐渐找到了自己的路子,那批诗寄给张老师之后很快得到了他的回信。于是在当年的10月号的《诗苑》上以《伊沙诗抄》为总题刊出了我10首诗,近400行,占了当期的《诗苑》一半的页码——那是《诗苑》有史以来个人一次性发诗的最高纪录,而以《××诗抄》的形式刊出也是破天荒的第一次。……这样发表对一位中文系的大学生刺激有多大是不言自明的,这使我在大学生活的最后一年变得异乎寻常的勤奋,好像正是从那时开始我变成了一个认真的人,一个时刻保持工作状态的人。"⑧

赵云与伊沙相似的经历让我有些慨惜,伊沙坚持写诗20余年,成了优秀诗人。如果赵云坚持下来了,中国诗坛一定会多一位优秀诗人。当年他的诗歌起点非常高,是一个早慧的少年诗人。我甚至想预测:如果赵云以这本诗集的出版为起点,"重出江湖",成为诗坛上"归来的诗人"派中的一员,中国诗坛会不会多一位优秀诗人呢?

1991年11月14日,身为大学教师的我在兰州为西北师大学生诗刊《我们》15期写评论文章《大处茫然,小处敏感——为校园诗人一辩》。我认为"校园是一个小地方大世界,这里有不可思议的幻想,有的是企图超越一切的激情,有的是被压抑和奔放的情感,有的是对缪斯顶礼膜拜的才子佳人……在校园,情感和幻想四处弥散,和各种玄奇的色彩对抗,诗作为幻想和情感白热化的产物自然在对抗中生存。在校园,诗神尽情飘临,尽情造就梦谷,在浪荡中迷惘在迷惘中浪荡的校园诗人,纷纷自告奋勇,充当梦谷主人。"⑨ "自信和希望是青年的特权……把缪斯挽留在校园吧!不要让她四处流浪!!在这个世界上,上帝死了,校园诗人还活着!!!"⑩ "用不着掩饰力的骚动、青春的骚动、爱的骚动、岁月的骚动……只在自己个性的摇篮中采撷初漾的、深沉的心曲。也许一切都是可笑的,但是既然是心曲,必然是心的萌动,灵魂的震撼。"⑪

22 年后的今天，这几段话仍然可以用来描述和评价赵云的诗集《流连在岁月的掌心》，只不过我还想加上总结性的评语：

"《流连在岁月的掌心》是赵云艺术地表现青年情感的语言艺术。"

这是我读了这本诗集后发出的第四声感叹！

2013 年 6 月

（作者系东南大学人文学院教授、博士生导师；

福建师范大学教授、博士生导师。）

① [英] 华兹华兹：《抒情歌谣集 1800 年版序言》，伍蠡甫：《西方文论选》，下卷，上海译文出版社，1979 年版，第 17 页。

② [英] 华兹华兹：《抒情歌谣集 1800 年版序言》，伍蠡甫：《西方文论选》，下卷，上海译文出版社，1979 年版，第 11-12 页。

③ 谢冕：《多梦时节的心律——<中国当代校园诗人诗选>序》，北京师范大学中文系五四文学社：《中国当代校园诗人诗选》，1987 年版，第 1 页。

④ 谢冕：《多梦时节的心律——<中国当代校园诗人诗选>序》，北京师范大学五四文学社：《中国当代校园诗人诗选》1987 年内部印刷，第 4 页。马朝阳编选。

⑤ 王珂：《大处茫然，小处敏感——为校园诗人一辩》，西北师大学生"我们"诗社：《我们》第 15 期，1991 年内部印刷，第 60 — 61 页。

⑥ 王珂：《大处茫然，小处敏感——为校园诗人一辩》，西北

师范大学"我们"诗社:《我们》第15期,1991年内部印刷,第60页。

⑦ 伊沙:《一个都不放过》,青海人民出版社1999年版,第319页。

⑧ 伊沙:《一个都不放过》,青海人民出版社1999年版,第319—320页。

⑨ 王珂:《大处茫然,小处敏感——为校园诗人一辩》,西北师范大学"我们"诗社:《我们》第15期,1991年内部印刷,第58页。

⑩ 王珂:《大处茫然,小处敏感——为校园诗人一辩》,西北师范大学"我们"诗社:《我们》第15期,1991年内部印刷,第59页,。

⑪ 王珂:《大处茫然,小处敏感——为校园诗人一辩》,西北师范大学"我们"诗社:《我们》第15期,1991年内部印刷,第61页。

图书在版编目（CIP）数据

流连在岁月的掌心 / 赵云著 . -- 福州 ：海风出版
社 ,2014.6
ISBN 978-7-5512-0150-6

Ⅰ . ①流⋯ Ⅱ . ①赵⋯ Ⅲ . ①诗集－中国－当代
Ⅳ . ① I227

中国版本图书馆 CIP 数据核字 (2014) 第 104623 号

流连在岁月的掌心

赵 云 著
责任编辑：狄大伟
出版发行：海风出版社
（福州市鼓东路 187 号 邮编：350001）
印 刷：福州凯达印务有限公司
开 本：787 毫米 ×1092 毫米 1/16
印 张：25.5 印 张
字 数：105 千 字 图：13 幅
印 数：1- 1000 册
版 次：2014 年 5 月第 1 版
印 次：2014 年 5 月第 1 次印刷
书 号：ISBN 978-7-5512-0150-6
定 价：39.00 元